巫医、动物与我

ALL
THINGS
STRANGE and
WONDERFUL

怪诞且美妙的非洲之旅

[澳]赫伯特·雷布汉 ——著 Herbert Rebhan

林小绿 ——译

GUANGXI NORMAL UNIVERSITY PRESS
广西师范大学出版社
·桂林·

巫医、动物与我
WUYI DONGWU YU WO

著作权合同登记号桂图登字：20-2019-153 号

图书在版编目（CIP）数据

巫医、动物与我：怪诞且美妙的非洲之旅 /（澳）赫伯特·雷布汉著；林小绿译. —桂林：广西师范大学出版社，2019.9（2019.9 重印）
（自由大地丛书）
书名原文: All things strange and wonderful
ISBN 978-7-5598-1927-7

Ⅰ. ①巫… Ⅱ. ①赫… ②林… Ⅲ. ①游记－作品集－澳大利亚－现代 Ⅳ. ①I611.65

中国版本图书馆 CIP 数据核字（2019）第 161060 号

广西师范大学出版社出版发行
（广西桂林市五里店路 9 号　邮政编码：541004
网址：http://www.bbtpress.com）
出版人：张艺兵
全国新华书店经销
湖南省众鑫印务有限公司印刷
（长沙县榔梨镇保家村　邮政编码：410000）
开本：889 mm × 1 194 mm　1/32
印张：9.25　　字数：200 千字
2019 年 9 月第 1 版　　2019 年 9 月第 2 次印刷
印数：5 001~10 000 册　　定价：68.00 元

目 录

*

PART 1

我来，我看，我被震撼

1　我已经等了你十六年

他笑容满面地说:“我等了你很久，多可塔拉。”

“很抱歉，我在隔壁房间调制药。你等多久了?”

“我已经等了你十六年。”

“不好意思，雷布医生，有个挂号的病人在等了。”杰夫·卑瓦说，他是我的得力助手。

挂号？有人挂号耶！我满心雀跃。自来到这里的那一刻起，我等这句话已经等了整整两个星期。马拉维（Malawi）这个地方燃料短缺，交通几乎陷入瘫痪状态。想象一下：整个国家都没有燃料！这里就是非洲。

因为只能靠两条腿移动，我这个兽医的作用就相当有限了。两个星期下来，我唯一能提升的技能就是喝酒。我每晚都会前往不同的村庄，要找到当地酒吧并不难，它们通常就是村里最热闹的那间小屋。这里没有冰箱，你唯一的选择，就是从两百公升[1]的大桶子里舀出常温的、还冒着泡的自酿啤酒。喝酒可以让一个人变得相当平易近人。

第一次登场的情景都一样。想象一下：黑白画面的西部电影里，一个陌生人骑马进入小镇，跳下马，一手推开酒吧门，眼睛扫视人群。钢琴师停止演奏，打牌的人抬起头，众人屏住气息，视线一路跟着陌生人来到吧台前，只听他大吼："威士忌！连酒瓶一起……"然而，现实正与此相反。我踉跄着走进敞开的大门，来到吧台前，温文有礼且笑容满面地要了杯啤酒。所有人像看到鬼一样盯着我的每一步，没人问："没在这附近看过你，你是打算住下来，还是只是经过？"

酒保送上冒着泡的啤酒，询问我是否迷路了。"没有，这里就是我要来的地方。我请全屋子的人喝一杯，如何？"我说。

当地的村落酒吧罕见陌生人，一个白人请所有人喝酒更是前所未闻。美国和平工作团可能不认同我这个义工的行销策略，但我这两个星期遇到的人，加起来比多数义工在两年服务期里遇到的还要多。

城里来了名新兽医的消息传了出去，证据就是——有人挂号了！

---

[1] 公升，公制容量单位，升的旧称。1公升等于1升。——编者

“好的，今天总算可以做些兽医的事了。”我一边对杰夫说，一边搅拌液体，并用小火将其煮沸。

“你在煮什么?”杰夫闻了一下锅子。

“硼葡萄糖酸钙，一种液状钙剂，可以用来治疗乳牛的产乳热。不知道会不会有派上用场的那一天，不过有备无患。”

我一边搅拌溶剂，一边看着杰夫翻动我桌上的文件。

“这就是化学，对吗?”

“比较像是厨房化学。先别太兴奋，等成功了再说。大概还要五分钟才会沸腾，先说说我们的客人吧。”

“有个男人带了一窝生病的小狗上门。他年纪很大，从很远的地方来。没有交通工具，真不知道他是怎么来的。小狗大约八周大，不吃东西，而且上吐下泻。”杰夫解释。

“最有趣的是，”他继续说道，“我听说过那个男人，但从没见过他。他叫姆津巴，是声名远播的巫医，在乔洛陡崖的某个地方有间医院。传说，有意找他的人永远也找不到他，只有真正需要他的人才找得到他。很多人都跑到他那里寻求治疗。”

“去量一下每只狗的体温，检查狗眼睛四周的眼屎和眼结膜，就在这里——”我拉下自己的左下眼皮，指着眼睛四周的红色薄膜，“看看是毫无血色，还是淡粉红色，可以判断它们是不是贫血。麻烦你给我们的第一位客人倒杯茶，告诉他我马上就到。”

五分钟后，我认为钙剂煮得够久了，便前往诊疗室。

我一走进敞开的房门，便看到一名非洲老人手里抱着一只小狗，杰夫正在给小狗测量体温。老人赤裸的大脚，矮小结实的身躯，一头修剪整齐的头发——灰色发丝均匀掺杂其中，添以浓密的胡须，和一身的褴褛衣衫形成强烈对比。他抬起头，露出我前所未见的灿烂笑容。我不发一语，默默等待杰夫做完工作。杰夫从姆津巴大夫手中接过小狗，我伸出手，用马拉维当地通用的齐切瓦语跟他打招呼，他笑得更开心了，两手抓住我的右手——初识的人不会有这样亲昵的举动。他握住我双手的手腕，将其翻转过来端详我的掌心。我感到手一阵刺痛，转身看着杰夫，挑眉，仿佛在问："怎么回事？"杰夫耸耸肩，似乎在说他也一头雾水。

我来此服务之前上过和平团的跨文化课程，但我不记得有这种欢迎方式。姆津巴大夫打量完我的手后，直视我的眼睛。他用双手托住我的脸，像爷爷奶奶捧着小孩子的脸想看个仔细一样。当他凝视我的双眼时，我双手的刺痛感消退了，但脸颊却像有电流通过一样。

他笑容满面地说："我等你很久了，多可塔拉。"多可塔拉，医生之意。

"很抱歉，我在隔壁房间调制药。你等多久了？"我揉揉脸颊，酥麻感消失了。

"我已经等了你十六年。"他的眉头高扬。

"十六年？"

"十六年前，当你决定要来的时候，我就见到你了。当时你还只是个年轻小伙子，跟其他孩子一起上学。你的村子非常寒冷，寸草不生，白雪覆盖大地。现在你来了，欢迎你。”他握住我的右手，热情迎接我。酥麻感又来了。

“我得回村子里了，等你治疗好小狗，我再来接它们回家。保重，多可塔拉。”语毕，他转身离去。

“老人家，请留步。”我追上去，“你怎么知道这些事？”

“我看见的。”他理所当然地说，“我也预见了小狗们的未来。好好照顾它们，总有一天，它们会救你一命。”他转身走上小路。

我回到诊间，杰夫问：“你十六年前就决定来马拉维？”

“准确地说不是来马拉维。和平团的人是六个月前决定的，不是十六年前。”

“老天，回想一下，雷布，十六年前发生过什么事？”杰夫语气激动。

我回想起姆津巴大夫说的日子。我清楚地记得那一天，记忆鲜明得仿佛是在昨天。

“十六年前，我才九岁，读四年级，住在威斯康星州（Wisconsin）的新里士满（New Richmond），两名在南美服务过的和平团前义工到我们的社会课上演讲。当时是冬天，大雪覆盖万物。上完课后，我下定决心，总有一天我也要成为和平团义工，而我将前往非洲。”我告诉杰夫。

我接着说：“多年过去，我从未忘记那天对自己做出的承诺。在兽医院求学的最后一年，我认为是时候履行诺言了，于是我向和平团提出前往非洲服务的申请。他们受理了，并把我分派到马拉维，马拉维政府再派我来到乔洛（Thyolo）。你觉得姆津巴大夫在十六年前真的看到我了吗？”

“雷布，这里可是非洲啊！”

“老天，吓死人了。”我全身一阵颤抖。

杰夫和我逐一检查小狗，我趁机向他说明进行身体综合检查的步骤，并解说检查的结果。我把最后两只小狗交给杰夫，要他向我汇报结果。杰夫学得很快，在彻底检查过后，抓到了所有的重点。小病患的症状是发烧、脱水、抑郁、轻微贫血、呕吐和腹泻；处方是抗生素、退烧药、消炎药、止痛药、止吐药、驱虫药，以及输液补充水分。

“要上哪儿去找这些药？”杰夫问道。

“我自己有一小袋药物，在得到马拉维政府的官方协助之前，应该可以撑一下。每种药都有，只缺补充液。”

“那怎么办？”

“自己做吧，你知道的，厨房化学。”

我把药摆出来让杰夫去治疗每只小狗，然后走到自己的桌子旁，计算制作等渗透压补充液需要的材料。这花不了多少时间，我随即回到诊疗室。

“情况如何了？”我问杰夫。

“这只快好了，还剩三只。”

“好极了，我要去市场一趟，买些制作补充液需要的材料，马上回来。”

我回来后，杰夫和我在每只小狗的颈静脉装上导管，根据我计算出来的输液总量和速度，密集地每三十分钟给予十毫升补充液。杰夫把办公室的打字员吉尔和文书员汤姆都叫来帮忙。下班之后，我把小狗们带回家整晚照顾，到了就寝时间，小家伙们的体内补足了水分，可以在睡眠中慢慢吸收。我躺在床上，小狗们就在我身旁的盒子里。

小狗们模样狼狈，最大的问题是腹泻严重，味道难闻得要死，用稀释过后的漂白水才洗得掉。没多久，我的办公室和家里闻起来都像游泳池了。

日复一日，我们持续用药，尽我们所能，但小狗的病情迟迟不见好转。第三天早上醒来，我发现第三只小狗在前一晚死了。我把它埋在后院，跟前天死掉的两只小狗葬在一起。

仅存的三只小狗瘦骨嶙峋、无精打采。我把它们带回办公室，生怕我的头号病患就这样没了。先行抵达的吉尔、汤姆和杰夫满心期待，在楼梯上等着我带来好消息。大家瞄了盒内一眼后大失所望，每一个人都对小狗产生了深厚的感情，但眼前的状况相当棘手。

那天早上，第四只小狗在吉尔的手中死了。她轻轻摇晃它良久，那只淡金色小狗是她最爱的一只。她泪流满面，低声说着 pepani（对不起），把它交到我的手中后躲到隔壁房间。

第六个晚上，我继续照顾幸存的两只小狗。它们奄奄一息的模样，令我担心它们也快坚持不住了。我几乎可以预料到明早就得将它们与其兄弟姐妹合葬在一块了。

第二天一早，微弱的呻吟声吵醒了我——有东西在咬我的手指头。小狗们自己跳出盒子跑来舔我的手，看起来生机勃勃，最重要的是，快乐。即使不是学医的人也看得出它们已经好多了，它们战胜病魔了。我来到办公室，员工一看到我的笑脸，立刻知道我带来了好消息。我把娇小的幸存者放在地上给大家看，它们依然骨瘦如柴，但都在康复之中。我们立刻频繁地少量喂食，它们的食量很快就变大了，吃起东西来狼吞虎咽，没多久就变得肥肥胖胖了。

小狗如影随形地跟着我，早上我们一起优哉地走路上班，晚上一起回家。它们在我家东奔西跑，和我一起窝在床上；每天早上在我床边轻声呜呜，温柔地咬醒我。

我开始担心姆津巴大夫会来接回它们，但愿不会。然而，在小狗康复的第十天，他出现了。看到两只活蹦乱跳的小狗，他简直欣喜若狂。

小狗们已经好几个星期没见到姆津巴大夫了，以它们短暂的生命来说，这已经算是很长一段时间了，但它们见到姆津巴大夫就像见到母亲一样。老人温柔地抱起小狗，任由小狗又亲又舔。看着他们欢喜地重逢，我却感到有点伤心，我已经爱上这两只小毛球了。

姆津巴大夫向我致谢。我心知小狗能够康复，功劳不在我一人，因此介绍吉尔、汤姆和杰夫给他认识。少了他们，靠我一个人是办不到的。姆津巴大夫不愧是绅士，他逐一诚挚地向每个人致以问候和感谢。离开前，他请我为小狗取名。

“黑色那只我叫它笨笨，有斑点的那只叫跳跳，是我以前养的小狗的名字，它们都是很棒的狗。”

“笨笨和跳跳，我喜欢。请常来看它们，多可塔拉。小狗现在视你如父母，它们不会忘了你，总有一天，它们会回报你的恩德。”

姆津巴大夫和我握手道别，我望着小狗跟在他后头离去。他身上仿佛有一股神奇的魔力，不用绳子或皮带拴着，小狗自然乖乖跟着他走，好像把他当成家人。

外面的世界对娇弱的小狗来说过于广大，它们此生将尝尽苦难，但愿它们能够克服并活下去。我举手对着远去的三个背影挥舞，没想到小狗们居然停下来转头看我，我开心得仿佛站在世界顶端。

我是兽医，世界上再也没有比这更好的工作了！

2 迎接新生命，是消灭低落情绪最好的方式

午夜时分，我才刚入睡就被敲门声吵醒。

对兽医来说，半夜听到敲门声永远不会有好事。

果然，有一头母牛难产一整天，牛主人怕它撑不下去了。

姆津巴大夫和小狗们走了之后，我变得很沮丧。这一天结束之后，我一边喃喃着“多可塔拉，治疗你自己吧”，一边走向乔洛的小酒吧。之前为了治疗姆津巴大夫生病的小狗，我没空上酒吧，如今笨笨和跳跳康复了，我在下班回家途中又开始往酒吧跑了。

酒吧通常没什么人，大部分时间只有我一个客人。只要一聊起小狗，人与人之间就很容易变得热络，我也因此认识六名酒吧女郎，她们供酒给常客，价格谈得妥的话，也

提供性交易。女孩们闲着没事，跟我很有的聊，问了很多关于我自己、我家人和美国的事，我也得以知道每个女孩的人生故事。熟稔之后，我甚至把她们当作好姐妹。

我用当地语跟她们打招呼，并询问她们的近况。“Moni，muli bwanji（哈啰，你好吗），露丝妹妹？ Muli bwanji，南希妹妹？给我一瓶冰啤酒。”我一进门就要了瓶冰啤酒，在吧台前坐下。

“Ndili bwino（我很好），多可塔拉。”两人异口同声地回答。

“跳跳和笨笨呢？”南希问，露丝则给了我一瓶冰啤酒。

“姆津巴大夫下午来接走了。”我说。

喝酒没让我心情变好，但至少慢慢平复了。六瓶酒下肚，我的脑袋开始昏沉，是时候回家了。

夜半时分，我半梦半醒，脑海中响起 *I will be home for Christmas*（《我会回家过圣诞节》）这首歌。六瓶酒无法让我重振精神，我又回到无所事事的生活中，纳闷自己存在的意义。我好想念跳跳和笨笨。

一直以来，我的生命中都有家人和朋友的陪伴，不知道我那在地球另一头的爸妈和四个兄弟姐妹正在做什么。我想起同在1984年从明尼苏达大学毕业的76名同学，想必他们正在各自的领域里发挥所长吧！而我却在这里一筹莫展。尽管身处马拉维人口最密集的地区之一，我仍感到孤单。

午夜时分，我才刚入睡就被敲门声吵醒。对兽医来说，半夜听到敲门声永远不会有好事。我打开门廊灯，一个矮小的马拉维男人正盯着我看，我示意他进屋，他拒绝了。我走到门外，以齐切瓦语向他致意，他回敬我。他的穿着破烂，裤子经过无数次修补，难以辨认最初的颜色或布料；赤裸着的一双扁平大脚，满是老茧的粗糙双手，让人感觉得出他从事的是辛苦的农务工作；而满布风霜的脸庞、斑白的头发，让我推测他的年纪在五十五岁以上。

寒暄之后，他用齐切瓦语噼里啪啦说个不停。我会说的齐切瓦语有限，被酒精影响的大脑也尚在昏沉中，根本听不懂他说的话。见我一脸困惑，他干脆比手画脚，在门廊上滚来滚去，抱着肚子呻吟。他着急地演了十分钟，我还是一头雾水，只能请他跟我前往办公室，找到负责看守这一区域的夜班警卫乔·卡赞贝。了解了我尴尬的处境后，乔亲切地提供翻译协助，我则在一旁专注聆听他们的对话。过了一小会儿，乔转身说："他的名字叫贾斯蒂斯·塔巴洛，他有一头母牛，从今天早上难产到现在，他很害怕那头牛会死掉。"

现在我知道塔巴洛为什么在我家门廊上滚来滚去了。

"问他一下，从这里到他住的村庄有多远。"我说。

乔询问后，我听到"pafupi"这个词，意思是很近。我拿起一个老旧的皮背包，装入我需要的东西。首先放进去的是我带来的产科设备和外科仪器，然后是一瓶过期的盘尼西林、两瓶过期的局部麻醉药、几支注射器和一些针头、缝线材料，最后再放入一瓶碘酒，堪称完美。

我随着塔巴洛先生步入黑夜，途经五座村庄，走了近两个小时，仍然没到。我不得不停下脚步，询问还有多远才能抵达他的村庄。

"Pafupi."他继续往前走，我则很艰难地跟着他的脚步，心里想着：如果这叫很近，那些住得远的人就要我的命了。又过了一个小时，我领悟到一件事：在马拉维这个小国家，每个地方都"很近"。

我们终于来到他的村庄和他的小农场。畜栏紧邻着主屋，一头瘤牛斜躺在中间。走了那么久，我有很多时间可以思索书上写过的小牛生产问题。检查过后，是常见的难产，小牛困在母牛身体里出不来，情况严重，幸好母牛还活着，看样子我得剖腹接生了。

兽医执行的手术中，就属剖宫产最教人兴奋满足。就如目前的状况，只有母体无法自然产时，才会执行剖宫产。这会是我第一次在没有助手的情况下动手术。我竭尽所能对塔巴洛先生解释动手术的必要性，但我的齐切瓦语实在不怎么好，还是用比画的比较快，就像塔巴洛先生之前在我家门廊上的努力一样。我示意要切开牛的侧边，拉出小牛，他先是瞪大了眼，然后点头同意。我要了一些肥皂和水，准备就绪后，开始清洗小母牛的左侧。我一边祈祷药效仍在，一边替它注射过期的局部麻醉药，之后涂上碘酒，术前准备完成。没有术前消毒、除毛、手套、手术衣、口罩和覆盖巾，只有我和一把解剖刀。

我让塔巴洛先生拿着我的手电筒帮我照明，我则大胆地割开母牛左侧。鲜血流淌而出，它却几乎动也不动，看来过期一年的局部麻醉药生效了。我快速切开肌肉层，进入母牛腹腔，抓住小牛其中一只后腿，连同一大坨子宫一起往外拉。我切开子宫壁，掏出两只后腿，交给塔巴洛先生，要他在我抓牢子宫时继续拉。接连拉了三次之后，一个新生命诞生在非洲的夜晚中，躺在地上蠕动、踢腿、喘气。

塔巴洛犹在赞叹新生的小牛，我则转身照料母牛。它的状态良好，看起来轻松不少。我伸手去拿仅有的缝线材料——牙线，用碘酒泡过之后开始缝合。最后一步是，施打一大剂过期的盘尼西林。

为了注射抗生素，我把针头扎进母牛后背，始终没什么动静的母牛在这时挣扎着要起身。我设法在它直立前完成任务，接着后退了几步，腾出空间给它，它随即走向小牛舔了起来。太好了！

回程就跟来时的路一样，我随着塔巴洛先生走进黑夜，半途曙光乍现，用当地的话叫“kwacha”，意味着新的一天要开始了。回程的路走起来比较轻松也比较快，到家时天色大亮。塔巴洛先生握住我的手再三致谢，随之道别离去，而后停留在庭院边，最后一次对我挥手。

哇！先是跳跳和笨笨，接着是我单独进行剖宫产手术，并得到了可能的最好结果。我整个人飘飘然地走路去上班。

根本无须思考圣诞节是否返家，这里就是我的家。

3 明日复明日，这里“明日”特别多

如果不是明天，那就是明天的明天，如果还不是，那就是下一个明天。

在这个国家，所有事都是明天。

“喂，雷布汉医生吗？你听得见我说话吗？”

“可以是可以，但太小声了，你可以再大声一点吗？”

“雷布汉医生，我是里郎威（Lilongwe）和平工作团的麦迪逊，我要通知你，你的摩托车三天内就会送到。到时你会在办公室吗？”里郎威是马拉维首都。

这是个蠢问题。我既没有交通工具，这一带的加油站又没有汽油，巴士自然无法上路，想搭便车，路上没轿车也没卡车。我只想大叫：“我当然在办公室，不然还能去哪里？”但我没有，而是语气轻快地说：“真是好消息，麦迪逊。

是的，我会在。里郎威有汽油吗？”

“有啊，我们这里的加油站昨天已经补充完毕，还会送更多过来。你们那边的加油站很快也会送到。”

“太棒了！万岁！”我对着话筒呐喊。我总算可以到处绕绕打发时间了。

“谢啦，麦迪逊。”我挂断电话，兴奋之情难以言喻。

一个月以来，我唯一能坐的只有办公室的椅子。救星快到了，我简直像个再等三天就要过生日的孩子。交通工具耶！我终于有交通工具了！

接下来的几天，乔洛县的人口倍增，巴士可以载客，瞬间人声鼎沸。我还看到满载人与货品的卡车在市场上卸货。好消息是，杰夫办公室外的长椅上有人来求医，工作上门了。使用有限且大部分已过期的药品来治疗是一大挑战，不过这很快就不再是问题了。针对汽油、药品和医疗设备的政府采购单下来了，我们立马申请完毕，距离摩托车送达只剩两天，我的人生看似一片光明。

每天早上，越来越多的人上门挂号。有了新药品库存和医疗设备，生活变得简单，治疗也更有效。杰夫的摩托车有了汽油之后，下午都会去协助个体农户。

摩托车预定送达的那一天，我感觉就像过圣诞节。只不过，我从早上等到下午，都快休诊了，收到的只有满腹失望。员工都下班回家了，我一直等到晚上十点才死心。我走出办公室大门，乔正全神贯注地坐在前廊的椅子上，我来到他身边。

“晚安，乔。你自己一个人小心，祝你有个平静的夜晚。我要回家了。”

“晚安，多可塔拉。我相信你的摩托车明天就会到了，毕竟这里是非洲嘛。”

那还用说！在走了快五分钟后，我听到一阵微弱的声音，于是停下脚步侧耳倾听。难道是……？我静静聆听，隐约听到逐渐变大的轰隆声。会是大柴油引擎的声音吗？我折回办公室，看到一台大卡车的车头灯逼近，绕了一圈后停在我的办公室前面。我站在门廊上，一眼就能看见车上的货物——好耶，是我的摩托车！

两个男人跳下卡车。

“抱歉，我们来晚了。”其中一人说，“轮胎破了，又没有备胎。”

“没想到你还在。”另一个人一边说，一边递给我一个资料板，“在X旁签个名，我们会把摩托车搬下来。看来是全新的车哦。”

我在一旁看着两人搭起临时斜板，把摩托车推下来。是一台100 CC二冲程的越野摩托车，漂亮极了，还是我最爱的亮红色。

保重，我们先走啰！”第一个人说。

“保重。在你们离开前，我还有个小问题：钥匙呢？钥匙在哪里？”

“钥匙？什么钥匙?”第一个人问。

“摩托车钥匙啊！在哪里?”

“什么摩托车钥匙?”他一脸茫然。

“用来插入这里的钥匙。”我指着开关，“有钥匙才能发动摩托车啊!”

“不是踩这玩意儿就可以发动吗?”第二个人指着启动踏板说。

“是没错，但如果没有钥匙打开点火开关，脚踩也没用。一定要有钥匙。”我沮丧地说。

“哦，抱歉啦。”第二个人说。

“没人给我们钥匙，我们只是直接把摩托车推上卡车。对不起!”第一个人接着补充道。

两人开车扬长而去，我盯着崭新漂亮却不能发动的越野摩托车，心里沉甸甸的。等和平工作团在里郎威的办公室寄备用钥匙来至少要好几个星期，该死！真该死!

“我不小心听到了，你的新摩托车没有钥匙。”乔远远地说。

“没错。”

“来吧，我帮你把车推进办公室，这样比较安全。”

我们推着车子时，乔说:“明天，多可塔拉。”

“乔，明天怎么了?”

“明天会是新的一天。明天，就能解决没有钥匙的问题。如果不是明天，那就会是另一个明天，再不是，还是会有明天。”他的沉着冷静将我的怒气和沮丧一扫而光。

原本今晚可以气派地骑车回家，现在只能走路了。乔说得对，想想我的办公室要面对的问题，马拉维政府要面对的问题，还有非洲要面对的问题，就知道非洲是个充满耐心、擅长等待的大陆。我也可以学会等待。明天就明天吧，反正也别无选择。

隔天早上，我走进办公室，发现大家正围着摩托车啧啧称奇。“大家早！”我大喊。大家被我小小地吓了一跳，脸上的表情活像该做功课却被逮到在发呆的小孩。

“继续，好好看吧，想要试骑一下也可以。”

吉尔放了杯热茶在我桌上。我坐下来，一边喝茶一边观赏大家轮流试骑摩托车，杰夫是最后一个尝试的人。

“这辆车好棒，有很好的避震器。你骑出去一定很拉风。”他说。

“总有一天吧，但不是今天。送车的人把车钥匙留在里郎威了，但愿和平工作团的人有备用钥匙可以寄来给我——如果我够好运，电话能接通，可以联络到和平工作团的办公室，而且他们有备用钥匙，还会马上寄给我，又能不寄丢的话，说不定我还有机会骑它。”我把头抵在桌上。

“乔昨晚怎么说？”

“他说明天。”我对着桌子说，“如果不是明天，那就明天的明天，如果还不是，那就是下一个明天。在这个国家，所有事都是明天。”我抬起头，“明天和对不起。”

“朋友，今天就是‘明天’。接好！”

我及时接住杰夫丢过来的银色小包裹，低头缓缓打开，里面是一把小钥匙。

“这是什么？”我问道。

“新车钥匙啊。”我一脸震惊惹得他大笑，“乔要我交给你。”

我走向车子，轻轻松松插入钥匙，往右一转，启动灯亮了，我简直不敢相信自己的眼睛。我拔出钥匙，重新插入转动，就只为了看灯再次亮起。

“乔怎么会有钥匙？”我兴奋地问。

“他昨晚做出来的。”

“他做的？”

杰夫解释，乔白天是摩托车维修师，昨晚我离开之后，他火速回家拿了几副备用钥匙和锉刀，花了一整晚，打造出了一副合适的钥匙。

我确认油量后，发现可以出去绕个一圈，便戴上安全帽骑了上去。坐稳之后脚踩三次，车子发动了，我催了几下油门，办公室立即烟雾弥漫。杰夫对我竖起大拇指，我俯身加速，放开离合器，车子飞越办公室台阶安全落地，疾驶而去。

当天晚上，所有人都下班了，我留下来等乔。六点整，他来了，吹着口哨小调，如往常一样轻快。

我在门口迎接他：“乔，你好吗？”

“我很好，多可塔拉。你呢？”

“幸福得不得了。因为你昨晚做的好事，我今天才能骑我的新车去兜风，这都要感谢你。谢谢、谢谢!”

“不客气，多可塔拉。打造一副新钥匙不是什么难事。”

“也许吧，但对我意义重大。”

“比起你对我家人的好，这一点小事不算什么。”

“什么意思，乔?”我一点也不记得我做过什么特别的事。

“某个晚上，有个男人因为家里母牛难产上门叫醒你，因为你不太会说齐切瓦语，你们两个来办公室找我翻译，记得吗?”

“当然，永生难忘。”

“那个男人的太太是我亲戚，但我不想要特别待遇。你在这里住了那么久，也知道我们这里的‘明天’只是更艰辛的另一天，在马拉维，我们都习惯了。如果你要那个男人明天再来，他会直接离开，并接受母牛和未出生小牛死亡的事实，可是你没有。我在这里工作很久了，从没见过有兽医走出去，但你不同。为你的车打副钥匙是为了表达我的谢意。”

“别担心什么特别待遇，有我帮得上忙的地方，不管是你还是你的家人，尽管让我知道，好吗?”

“我会的，多可塔拉。”

“晚安，乔，保重。”我拿起安全帽和背包。

“路上小心，多可塔拉，好好享受吧。”

我一路骑回家，那正是我要学习的——享受当下。

4　受人尊敬的“白人疯子”

没有一个人试着学习我们的语言，他们也从没踏进过酒吧。

他们根本不想跟我们来往。

我们这里从没来过“azungu（白人）疯子”。

杰夫和我忙碌了一整个早上。我目送第十六个人和他的狗消失在 BOMA（英国海外军政总署）的人群后，转头对杰夫说：“看样子，那是我们今天早上最后一个病患了。”

“雷布，还有一个哩！”杰夫说。我跟着他来到他的办公室，靠墙长椅上坐着乔洛酒吧的六名女郎：贝儿、萨拉、罗丝、苏西、南希和露丝。

“早安，姐妹们，在这美好的一天，有什么我可以为各位美女服务的吗？”

“我们的狗病了。”贝儿说。

“病得很重。”萨拉接着说。

“我们需要药。”罗丝高声说。

“我都不知道你们有养狗。我建议先检查一下小狗的病因，再来对症下药。”我说。

她们面面相觑，南希说：“它……呃……病得太严重，没办法带来这里。只要给我们药就好了。”

“这不是问题。我先去拿我的东西，再跟你们一起去看你们的狗。”

“可能没办法耶，多可塔拉，因为……呃……它在很远很远的地方。”苏西说。

“是吗？我先理一下：你们有一只病得很重的狗，它在很远的地方，要我开药给你们带回去治疗它，是这样吗？”

“是的。”大家异口同声，不约而同地点头，除了露西。她一个人默默坐在长椅尽头。露西是当中的大姐头，比起另外五个人，我跟她有着更深的交情。露西个性孤僻，我有种感觉，在她内心深处隐藏着不为人知的悲伤，此时此刻，她看起来不甚自在。事情不太对劲，而她不想参与其中。

“小狗叫什么名字？”我问道。

“名字？”贝儿反问。

“是啊，不然你们怎么叫它？”

大家再次交换眼神，萨拉神色一亮，说：“Galu（狗），我们都叫它Galu。”除了露西，其他人全点头附和。

"Galu？把狗取名叫'狗'还真有趣。露西，老实说，你们来找我的目的是什么？"

她看着我的眼睛，随即移开目光，别过头难过地说："需要药的人是我们，那边没有。"她的头点向地区医院的方向。

"什么样的药？"我问道。

"盘尼西林，我们需要盘尼西林。医院说他们没有，要我们五个星期后再去拿，而你这里似乎不缺给狗狗的药。对不起，我们现在就走。"语毕，露西起身示意其他人跟着她走。

"等等，请你们全都坐下。谁需要盘尼西林？"她们一个个缓缓抬眼看我。

"全部？好吧，我会给你们盘尼西林，但你们得先去医院，把这张纸条给他们。"我边说边写，"我需要知道用量、间隔和时间长短，得到答案后再回来。好吗？"

"意思是，你会帮我们？"露西问道。

"当然，我们给狗狗用的盘尼西林是人类食用等级，没问题。"

五人有说有笑，脚步轻快地走出杰夫的办公室，甚至互相击掌叫好。我目送她们离去，杰夫说："她们可能付不出钱哦。"

"盘尼西林对和平工作团义工来说没那么贵，我会去确定马拉维政府是否收到该收到的药。"

"她们不是第一次来办公室拿药了。其他兽医都说帮不上忙，要她们到医院去。"

我默不作声。杰夫坐在桌前，我在他对面的长椅上舒服地落座，两人一起等待女郎们回来。

他接着说："你应该知道，她们往后会一直来这里拿药，相关费用都得由你一个人来承担吧？"

"我当然知道。"

"知道你还这么做？"他摇摇头。

"杰夫，当我看着那些女生时，我只看到悲伤和寂寞。拜托，有多少年轻女生长大想当妓女？她们当然是想当老师、护士、妻子和母亲，只是她们别无选择。"

"她们无家可归，也没有自己的孩子，自然也不会有女人邀请她们一起坐在火边聊天。她们没有一个人可以活到老，艾滋病会提早结束她们年轻的生命，使她们无法得到善终。只是一点小小的善意，就可以让她们活得轻松点，如果连这点都做不到，我不就是个混蛋了？明明是举手之劳，一天花不到一夸加[1]，这点钱顶多就能在酒吧里喝两杯酒，我怎么说得出'帮不上忙'这种话？问题不在于我为何愿意帮忙，而是在我之前的人为何拒绝。这是很理所当然的事吧？还是你觉得我是个'mzungu（白人）疯子'？"

杰夫默不作声地聆听我的长篇大论，他双手紧扣枕在头后，摇晃着椅子，最后才说："我懂了。我确实认为你是个'mzungu 疯子'，不过疯得好。老实说，大家都开始叫你

[1] 夸加（Kwacha），马拉维货币单位。夸加：美金 = 1：0.11——编者

‘azungu 疯子’了。”他笑容满面，“我挺同意的。”

Azungu 也是“白人”的意思，是 mzungu 的复数，其中也包含尊敬意味。“我喜欢。让你知道一下，我还得靠你来帮我完成这个任务。我不打算把药一次性给出去，按照疗程一次给一点，确保她们有接受完整治疗。不过我不会随时都在，我不在时，就需要你来给药，确定她们都有拿到。”我说。

“交给我吧！”他说。

“谢啦，老兄。”说着，我从椅子上起身。

我正要走出门，杰夫说：“最后一件事，我要回答你的问题。之前的兽医之所以拒绝帮忙，是因为他们不愿去看。没有一个人试着学习我们的语言，他们也从没踏进过酒吧。他们根本不想跟我们来往。我们这里从没来过‘azungu 疯子’。”

5　三碗菜的启示

我是来自平凡家庭的平凡人，过着不富裕的普通生活，但他们不用多说一句话，就让我明白自己何其幸运且富有。

“这边绑起来时记得使用方结。”我对杰夫说。为了精进他的手术技术，我把正在进行的母狗结扎工作交给他：“万一缝线松掉，麻烦就大了。”

“懂了。”他的第一针漂亮地绕了四个方结的圈。

“干得好！”杰夫缝起第二针时，我说，“我一直想去乔洛陡崖走一趟。笨笨和跳跳该重打狂犬病疫苗了，而且自遇到姆津巴大夫之后，我一直很好奇他住在什么地方。你觉得呢？”

“很远也很辛苦。你要怎么找到他？”

“我打算先到那里，遇到第一条荒野小径就往左走，然后到处问人。一路上说不定还可以顺便行医。”

“那里很偏僻，陡壁一路通往希雷河谷（Shire Valley）。道路泥泞难行，一不小心就会被困住。”

“我想过了。”

“听起来你已经下定决心了，打算什么时候出发？”

“后天。”

“祝你好运，我会遵照吩咐，在你离开时坚守岗位。”

就这样，距离天亮还有一个小时，我就骑着载满补给品的摩托车，踏上了未知的旅途。这一区就这么一条一线道马路，骑了二十分钟之后，就全是泥土路和荒野小径了。

现在是十一月，雨水迟迟未到，干旱让我一路骑来格外轻松。四个小时后，我来到了陡崖。

我按照计划骑入第一条荒野小径，到处找人。二十分钟后，进入一座小村庄。我将车子熄火，脱掉安全帽，之前包围我的人一哄而散，跑去躲起来。“Moni（哈啰）！”我大喊。土屋窗后是一张张盯着我的脸，但没人想靠近我。“哈啰，你好吗？”我下了车，极尽可能开朗地叫唤。一名五十多岁的中年男子小心翼翼地靠近，我伸手迎向他，他则与我保持距离，一脸像是撞见外星人的表情。我介绍自己是乔洛县当地的兽医，任何村庄只要有需要治疗的动物都可以找我。我反复重申来意，得到的却是一片静默。

我只好问：“你们以前有见过白人吗？”

“你是第一个。”他回答。

“有什么感觉？”

“我以为会更高。”

“真抱歉啊。还有呢？”

“白人真的会吃非洲小孩吗？”

“什么？”我目瞪口呆，没想到还有这种问题，“我们不吃小孩，跟你们一样，我们吃肉、鱼、米和玉米，喜欢喝啤酒。”我还以为啤酒至少可以博君一笑，但那男人仍然面无表情。看来除了吓人，一点进展也没有，我干脆开门见山：“我来找姆津巴大夫，你知道他住在哪里吗？”

“他应该住在那边。”他手指南边。

“保重，我一个月内会再回来。”

我发动车子往南驶去。四十分钟后，我骑入另一个村庄，熄火，取下安全帽，暗忖这里的人会怎样欢迎我。“哈啰！”我下车喊着，“我是雷布医生，乔洛县的兽医。”一个年届八十的老翁跑向我，仿佛看到久别归来的儿子般一把抱住我，当他放开我时已泪流满面。马拉维多的是精神不正常的人，他们常不受拘束地四处游荡，我猜想这位也是其中之一。

其他人迅速围了过来，给予我同样热情的欢迎。跟上个村子天差地别的待遇，让我一时错觉自己穿越了黑洞，来到另一个平行时空。

“你不怕我吗？”我问第一个来欢迎我的人。

“我为什么要怕你？”

“沿着这条路过去有个村子，”我指着来时的方向，“我刚经过那里，他们还以为我要吃掉他们的孩子，一点也不想理我。”

“那都是谣言和迷信，别管他们。我会派一名村人去跟他们说，我的村子永远欢迎你。”

“谢谢你的邀约。我很好奇，有多少白人曾来过这里？”

“一个也没有。会经过这里的陌生人，多半都是偷牛贼，要从希雷河谷下游偷运牛到布兰太尔（Blantyre）和林贝（Limbe）的市集去。你大老远从乔洛来到我的村子，有什么事吗？”

“我在找姆津巴大夫。你知道他住在哪里吗？”

“我知道，他人很好，又是个厉害的大夫。沿着这条路往西走，就可以找到他。”

“谢谢！既然都来了，有什么我帮得上忙的吗？有生病的动物吗？”

四个小时后，我替最后一名病患缝上最后一针。那是只长年子宫积脓的狗，身体瘦弱不堪，手术环境又差，我很担心它会死在手术过程中，但它很有韧性地撑过来了。等我收拾好准备离开，夕阳的余晖已洒落大地。

“你打算在哪里过夜，多可塔拉？”迎接我的男人问。

“就继续骑到天黑，然后就地扎营。”

“你骑不了多久，马上就天黑了，不好骑也很危险。今晚就留在我们村子里吧，我有一间客用小屋，你可以随意使用。”

“谢谢，那我就不客气了。”

不久，太阳西沉，星光与营火成为仅存的光源。主人邀请我和他们一家共进晚餐，我们十五个人围坐在户外的营火旁。

营火旁有一锅用白玉米粉熬煮成的浓稠的玉米糕，是这个国家的主食，齐切瓦语叫“nsima”。另外还有一个非常小的锅子，装着用来搭配 nsima 的炖菜，分量只够这里一半的人吃。乔洛陡崖是块陡峭之地，求生艰难，只能勉强糊口，主人家那一张张消瘦的面孔就是最好的证明。这里的村民绝不会有过胖的问题。

身为客人，我是第一个拿取食物的。尽管饥肠辘辘，我也只舀取了不至于羞辱任何人的一小份，然后把锅子传下去。接着传过来的是茶杯，从茶的色泽来看，茶叶肯定反复冲泡了很多次，喝起来的味道也证实了我的怀疑：就跟一杯热开水没两样。

等所有人吃完，我请大家留在原地，自己离开了一会儿，而后两手各拿着一罐菠萝罐头回来。我用瑞士刀打开，把罐头传递下去，鼓励大家尝一口。从众人茫然的表情来看，这可能是他们第一次看到菠萝，搞不好还是第一次看到装在罐子里的食物。

“吃啊！”我放了一片到嘴里，“嗯，好吃。”大家纷纷好奇地跟着尝试，露出的喜悦之情让犹豫不决的人也跟着吃了一块。很快地，所有人都眉开眼笑了。罐头又传了一圈，大家轮流喝了一口果汁，美好地结束了这一晚。

我移动到客用小屋，厚木板上简单铺垫几张草席就是我今晚要睡的高架床。我把睡袋铺在草席上，点燃蚊香，准备就寝，但躺得不甚安稳，要入睡更加困难。夜色深沉，体内的疲累瞬间涌上，我终于抵挡不住睡意，沉沉睡去。

隔天，我一起床就迎面遇上当天的第一道曙光，也就是齐切瓦语中的“kwacha”。我迅速收拾完毕准备离开，招待我的主人出来送行。我和他握手致谢，承诺一个月内会再回来，并给了他一盒茶叶作为临别礼物，他满心感激地收下礼物，态度令人动容。谁会想到，罐头食物和一盒茶叶会带来如此大的喜悦？

第二天是一路骑个不停，为了找姆津巴大夫，我来到第三座村子。这座村子的村民虽然不像第一座村子的村民那样对我戒慎恐惧，但跟第二座村子的热情招待相比也是天差地远。回想起来，看到一个白人骑着摩托车来到如此偏僻的地方，大家是因为不知所措，才会这么震惊吧！不管是哪座村子，小狗、山羊和牛的情况都糟透了，我得尽我所能进行治疗，只不过要赢得村民的信任还得花点时间。

我在陡崖绕来绕去，正午时分，来到第四座村子。我把车子停在第一间小屋前，心脏差点跳了出来——坐在门廊上的正是姆津巴大夫，跳跳和笨笨乖巧地分别坐在他左右。我终于找到他们了！

一人两狗全跳起来迎接我。睽违了六个星期，姆津巴大夫一点也没有变，仍旧精力旺盛，和他一握手，我的手上立刻传来一阵刺痛。小狗长大了三倍，松软的绒毛变成粗糙的皮毛，精力充沛，结实强壮，一点赘肉也没有。我朝它们单膝跪下，两只狗立刻扑上来舔我的脸。

整个下午，我都在跟着姆津巴大夫参观他的医院。他向我介绍了许多动物。直到太阳开始西沉，我才问："这里离大马路有多远？"

"往南走只要十分钟。两天前，我就听到你的摩托车经过，我还在想你要多久才会找到我们。"

"也就是说，我东转西绕了两天，你却一直在大马路附近而已？"

"没错，不过，你这两天的时间也没白花，接触到了需要你帮助的人。来吧，该吃饭了。"

我随着他回到主屋，在这个唯一的空间里，有张草席铺在正中央。我洗手擦脸后，姆津巴大夫让我坐到草席上，自己坐到我对面，笨笨和跳跳分坐在他两侧，一名随侍端上一碗玉米糕和一锅佐料，摆在我们之间。

"你是客人，由你开动。"他说。

"我明白，但你是主人又是长辈，你先用，不然就显得我失礼了。请用。"

"你是从哪学会我们的语言的？"姆津巴大夫用两根手指抓取碗里的玉米糕，再浸入炖菜里。

“我跟着和平工作团的二十名义工来到这里时，去了一趟里郎威的邦达农业学院。学生正好都放假回家了，我们就住在他们的宿舍，接受了八个星期的语言和文化交流训练。”

“训练中最有趣的部分是什么，多可塔拉？”

“快结训时，每个人被分配到不同村子住一个星期，那是我永生难忘的经历。我们得以实际运用基本的语言能力，亲身了解这里百分之九十的人是如何生活的，这真的使我大开眼界。”

“说说你的村庄住宿体验。”

“我被安排跟村长库奇拉长老一起住。他上了年纪，六七十岁，牙齿稀少，但身体健康。我住在一间客用小屋，隔壁就是村长三房的屋子。这是一间用茅草覆顶的土屋，只有一个空间。清晨，我们会先饮一杯茶，村里的妇女则开始打扫院子；接着，我们去田里工作，或是参观他管理的部分村子。”

“有没有更难忘的经历呢？”

我立刻想起草席上的孩子们。某天傍晚，在使用双手和锄头耕作了一整天后，我回到客用小屋，晚餐已经准备就绪了。第一个碗里有一大碗玉米糕，第二个碗里是甜马铃薯番茄佐料，第三个碗里则装了一只小鸡。我饿坏了，吃掉五大块玉米糕、一半的佐料和整只鸡。我急急走到吉芙——村长家的女主人——的小屋大喊：“哈啰、哈啰！”吉芙从角落走出来，我用有限的词语尽可能表达谢意，告诉她食物很美味，她更客气地回谢我。在握手道别后，我趁着夕阳尚未西下前往屋后的小山坡探险。

我很快就来到山顶，饱览四周景致。零星的小树林仿佛是一大片红土之海中的小岛，错综复杂的小路连接着一座座土屋村庄，宛如一张巨大的神经系统图，偶尔闪耀的绿色光芒是 dambo（浅湖湿地），那里拥有维持生命所需的水。

在太阳几乎西沉之际，我经过吉芙的屋后，发现她和五个瘦小的孩子正坐在草席上，草席中央摆着我先前用餐的三个碗。孩子们正在吃残余的玉米糕、吸吮着鸡骨头，装有佐料的碗空空如也——没有其他食物了。很明显，我的剩菜就是他们的一餐，我仿佛被一只公羊迎头撞上，对自己居然吃掉一群饥饿孩子的食物羞愧不已。

我沉默片刻，凝视着自己的杯底，犹豫着是否该说出这个故事，或干脆选择其他故事。姆津巴大夫笑望着我，温柔地道："说吧，把你不想告诉我的那个故事说出来。"

我震惊地看着他。他怎么知道？我沉淀思绪，把草席上的孩子的故事告诉了他。我人生里的一切，包括我的家人、我的家、我的衣服、父母端上桌的食物、我接受的教育等，在看到那些小孩之后，突然显得不再那么理所当然。我是来自平凡家庭的平凡人，过着不富裕的普通生活，而他们不用多说一句话，就让我明白自己是何其幸运且富有的人。

"在那之后，你每餐都吃多少？"姆津巴大夫问道。

"我们有学过，多少都得吃一点，不然主人会感觉受到侮辱。”

“那确实是我们的传统。”

“自那晚之后，我会只吃一点，但又不至于侮辱到任何人。”

“斧头会遭人遗忘，却会在树上留下永远的痕迹。我认为你在留宿村落期间学习到相当多事情，你发现的自我也许还不亚于在这里习得的传统文化。”

“远超出我的预期。”我附和。

“晚安，多可塔拉。任何人都能学习到身外之事，但只有少数人能了解自己。要做到这点，必须审视内心，而绝大多数的人都不愿意，因为他们害怕面对真相。那些孩子现在是你的一部分了。好好休息吧，还有更多挑战等着你。”

现在回想起来，这个神奇又好心的姆津巴大夫说得真是一点也没错。

6 合理用纸，惊险程度有如躲子弹

在马拉维，纸张是昂贵品，而我们的办公室坐拥一座对我们来说无用，但学生可以拿来练字、算数的宝山。

但我们无法对其做任何处置，因为它们是政府的财产。

炎热、干燥、尘土飞扬，这就是马拉维从五月到十月的天气。就像大部分的非洲南部国家一样，马拉维一年只有两个季节：旱季和雨季。雨季通常从十月开始，但现在都快十一月底了，第一场雨却迟迟未下。全国民众每天引颈期盼老天来场及时雨，每晚怀抱着不安入睡。马拉维南部人口稠密，一点程度的干旱就会引起饥荒。

我来此服务近三个月，跟当地许多农夫建立了热络的工作关系，每次去拜访他们，我都看得出他们强颜欢笑的背后隐藏的不安，人人都在担心今年连一滴雨也没有。干旱无雨的日子一天天过去，他们心中的恐惧也随之加深。所有人能做的只有祈祷，我也跟着一起祈祷。

回到办公室，我们也有自己的小危机：我们的储藏室已经挤不进任何东西了。五十平方米的空间被塞满塞爆，吉尔有次开门要把月报扔进去，差点被堆积如山的文件给砸死，幸好杰夫就在附近，赶紧把她挖出来，万幸只是受了点惊吓，人毫发无伤。

杰夫评估情况后认为，这些塌下来的东西是再也塞不回去了。他把我叫过去，将问题丢给我。

对我这个贫穷又天真的人来说，解决方法只有一个："杰夫，我们堆了太多垃圾，得丢掉一些才行。"

"我也想啊，问题是这不是我们的垃圾，是马拉维政府的财产。没有授权，我们不能擅自处理。"

"我懂了。"说完，我扫视着这些殖民时期留下来的文件。那时，这个国家叫尼亚萨兰，一九六四年独立后才改名为马拉维。文件上的字都褪色了，笔迹也难以辨认，完全没有用处。

"你以前试过处理吗？"我问道。

"试过很多次，都被驳回了。"杰夫回答。

我努力思索可行方案。在马拉维，任何东西都要物尽其用，废弃的纸张和厚纸板被用来生火，瓶子拿来装水，罐头盒可以重复使用，旧轮胎就做成凉鞋。这个国家基本上没有玩具，创意出众的人会使用铁丝、罐子、木头和橡胶来制作玩具车、卡车、拖车和动物玩偶。纸张是昂贵品，而我们坐拥一座学生可以拿来练字、算数的宝山。据我所知，杰夫有七个正在上学的孩子。

“你的孩子可以用这些纸来写作业吧？”我问。

“没错。”他不假思索地说。

“我等一下在玛塔帕塔挤乳棚还有工作，两三个小时后回来。我不在时，你把所有还可以读的文件放回储藏室，其他的文件就堆在那里。”我指着自己办公室的外墙——如果有幸下雨的话，还有屋檐可以遮雨，“拿些给你的孩子，想拿多少就拿多少，也顺便告诉其他同事，另外再通知一下乔，他少说有十二个孩子吧，一定也想拿些纸给孩子们。等我们自己人拿得差不多了，就传个话给其他办公室，好吗？”

“我会在你回来前整理好的。”他说。

挤乳棚的工作花费的时间比我预期的要久，等我回来时，我发现储藏室多了不少空间。

“其他文件放哪儿去了？”我问杰夫。

“没有啦，我们的人拿了一些后，就让其他人也来拿，消息传了出去，然后就……没了。”

我颇为得意，决定晚餐后去酒吧喝一杯。酒吧的常客都聚集在那里，而且似乎都知道我清理储藏室的方法，跟我有说有笑。这时，身穿制服的警察局长大约翰·菲里进来了，全场一片静默。

“多可塔拉。”他唤道。

“晚上好，菲里局长，有什么事吗？”

“多可塔拉，我注意到一件事——马拉维政府托你保管的珍贵文件遗失了。这是事实吗？”他表情严肃，声音冷淡，像名准将般将背脊挺直。

我上下打量他，想确定他是否在开玩笑，但他不为所动。

“我……呃……你刚说什么，约翰局长？”我脱口道。

他重申来意，我的心为之一沉。我要被逮捕了，该死。我得赶快想个办法，但脑袋就是转不过来。我喝完酒，把空瓶放在吧台，南希立刻拿了另一瓶给我，我将其递给约翰局长，示意南希再来一瓶。

“干杯。”我轻碰他的酒瓶后喝下一大口。

他纹丝不动，一手拿着啤酒，滴酒未沾。

“局长，回答你的问题。就我所知，所有珍贵的政府文件……的确都得到了妥善保管。”我忐忑不安，感觉头顶都冒汗了。我一口喝完剩下的啤酒，空酒瓶还没碰到吧台，南希就送上另一瓶。

大约翰目光冷冽，酒吧鸦雀无声，我成为众人的目光焦点。

“多可塔拉，你确定？”大约翰问道。

“确定？是啊，我很确定，百分之百确定。”我的心扑通扑通狂跳，双手颤抖。看样子情况不妙，我说不定得坐牢，甚至被驱逐出境，害自己及和平工作团的计划蒙羞。现在我一点都不觉得自己很聪明了。我该怎么告诉我的主管、我的父母？一切只因为几沓纸，该死！太不公平了！

大块头突然爆笑，同时用力拍了一下我的背部。“真是个好主意！”他畅饮一大口啤酒，“和你一样，我也有一间储藏室，可以的话，我也想学你的做法，不过，警局丢了政府文件可不是件好事。”

他仰头大笑，我长吁一口气，幸好是虚惊一场。

隔天早上，我走进办公室，看到约翰局长坐在桌旁的椅子上。

“早安，局长。”我嗫嚅着，背脊蹿起一股寒意。他这么早来拜访不知有何用意。

“早，多可塔拉。杰夫·卑瓦先生稍早来到我的办公室报案，说昨晚有政府财产遭窃，他让我看了你们储藏室被破坏的门锁，还整理了一份遗失清单给我。幸好，被偷的都是一些旧政府时代的文件。我需要你签个名，好立刻展开调查。”他眨眨眼。

“谢谢你，局长。我相信你和你的手下会尽力抓到犯人，但我猜想，犯人现在可能已经在莫桑比克了。”

“可能吧，保重，多可塔拉。”

我送他到门口，与他握手道别，并祝福他度过美好的一天。

我目送他走远，杰夫抱着一沓纸来到我身旁。“有问题吗?”他问道。

“没事，昨晚好像有小偷闯进我们的储藏室，偷走了不值钱的政府文件。话说回来，报警的人是你，你应该知道的。”

“没错。要是有人问起遗失的文件，就用警方文件来解释吧。”杰夫说。

“干得好，真高兴可以摆平这件事。约翰昨晚把我唬得一愣一愣的，我快吓死了，还以为自己会因为几沓废纸被赶出这个国家。”我的目光扫过挂在墙上的猎枪和步枪，补充道:“我觉得自己像躲开了一颗子弹，真是有惊无险。”

“这些是给你的。”杰夫把手上的纸张塞给我，“这是我家孩子写给你的信，每一张都画着动物和家人。”

早上忙得分身乏术，下午更是焦头烂额，一直到宁静的晚上我才有时间细读每一封信。每个孩子都感谢我给了他们纸张，还说会好好用来写字和算数。当我放下信时，心中一个小小的声音响起：值得顶着被一颗子弹射中的风险吗?

答案很快就出来了：太值得了!

7　美丽的时间错误，换来无价的收获

“我来厘清一下：你的摩托车在离医院十二公里之外的地方抛锚，你一路推着车过来，是为了准时看诊，对吗？”

“没错，我可以上工了。我的东西要放哪儿呢？”

“雷布医生，很抱歉，现在没有需要看诊的动物。我们以为你下星期二才会到。”

我赶在破晓前把动物医疗用品绑在摩托车上，脚一踩，车子发动，我扬长而去。杰夫和我花了几个星期计划这次的旅行——先去一趟我们在法隆贝（Phalombe）县的小办公室，工作一整个早上后，再赶往二十公里外的卡布库教会医院，下午就留在那里治疗医院里和邻村的动物。

顺利的话，我每两个星期跑一趟，有必要的话还可以跑得更勤。我原本每星期都会去一趟姆兰杰（Mulanje）县的办公室，乔洛陡崖则是每月一次。法隆贝和卡布库教会医院是我能照顾到的最后两处。

法隆贝之行一路平安，看诊过程也十分顺利，看完最后一个病患，收拾完毕，就该前往下一站教会医院了。就算用每小时七十公里的速度优哉地骑，时间也绰绰有余。我骑得正顺时，突然砰的一声巨响，让我的左耳都耳鸣了。摩托车缓缓停下，我脚踩了两次还是无法发动——我最担心的事发生了。

“才骑了六千公里就爆活塞，也太烂了吧……”我气得破口大骂，真想干脆把摩托车丢在这里，但就算现在抛锚不能用了，也不能把这么贵重的东西丢在荒郊野外。十二公里外还有人在等着我呢。

就这样，我推着抛锚又满载设备的摩托车，徒步走了一个多小时，终于来到教会医院。我瞥见门廊上站着一名穿着白袍的黑人男子和一名同样穿着白袍的黑人修女，我猜那一定就是行政办公室。我推车快步走上前，架好车，往上走了四个阶梯与他们会合。我跪了下来，两手撑地，上气不接下气：“嗨……我是……雷布医生……很抱歉，我……来晚了……摩托车……半路抛锚。”

“你该不会在这种大热天里推车走了十公里吧？”

“是十二点二……公里。”我气喘吁吁。

“过来坐一下吧。”黑人男子扶我进入办公室，找了张椅子给我。

"谢啦……呼……真够我跑的!"

"我是戴夫·伊华班尼医生，喝杯茶吧。"他用英文说，听得出他喝过洋墨水，"我听说过你，你一定累坏了。"

我满心感激地饮完茶，说:"是有点累，谢谢你的茶，我感觉好多了。这还是我第一次跑这么远。关于我，你听说过什么?"

"大家都叫你'白人疯子'，果真名不虚传。只有疯子才会在大热天推着一辆载满东西的摩托车步行十二公里。为什么?"

"我不想让你们失望。你们都在等我，说不定还有一堆人和动物排队等着我看诊。你也知道，让人失望一次，要赢回信任就很难了。"我回答。

"我来厘清一下：你的摩托车在离医院十二公里之外的地方抛锚，你一路推着车过来，是为了准时看诊，对吗？"伊华班尼医生说。

"没错，我可以上工了。我的东西要放哪儿呢?"

"雷布医生，很抱歉，现在没有需要看诊的动物。我们以为你下星期二才会到。"

"下星期二?"

"恐怕是如此。好消息是，我们医院的卡车明天要去城里运载设备，如果你愿意，我们可以顺道把你和摩托车载回你的办公室或城里。"

"我的天啊，我推着那辆该死的车……下星期二!"

“再喝一口茶吧，你看起来不太好。”伊华班尼医生说。

我无事可做也无处可去，整个下午都在认识医院员工，以及跟着伊华班尼医生巡视医院。事出突然，却过得很有意义。只容得下十张床的小医院已经客满了，一些病患就睡在地板上的床垫上。

“我们最大的挑战，就是没法早期发现早期治疗，很多人都拖到不能工作，甚至无法进食才找医生，等他们来到这里，状况已经很糟了。”伊华班尼医生说。

“最常碰到什么病症？”我问。

“疟疾、腹泻和呕吐，也有过几个肺结核病例，还有严重烫伤——因为在火边睡觉，结果半夜滚到火里去了。还有各种常见的寄生虫病，染毒创伤更是家常便饭，最叫人担心的是艾滋病和后续引发的并发症。这里的人没什么免疫力，任何病都可能得。我敢说，接下来几年因为艾滋病毒破坏了免疫系统，会有非常多人感染肺结核。”他看了眼手表，“我接下来还有个手术，你愿意来协助我吗？我需要一双熟练的手。”

“你是说真的吗？”

“当然，有问题吗？”

“有问题的人不是我。你确定可以吗？没有责任归属问题吗？”

“那是你们美国佬的想法，这里可是非洲。你要加入吗？”

“当然好，是哪方面的手术？”

“剖宫产。有个十二岁的女孩早你三十分钟，走了五公里路来到医院。我已替她施打点滴，做些支持疗法[1]，调整她的状况好进行手术。”

十五分钟后，我们两个和伊华班尼医生的首席外科助理罗恩·埃昆代尼，三人并排开始擦洗手臂。我听见远方接连传来轰隆巨响，伊华班尼医生说，那是邻近的莫桑比克境内的炮火声，武装部队对上了反抗军。自从莫桑比克脱离葡萄牙独立之后，政府军和反抗军就经常交锋，十年来始终战火不断，所到之处断壁残垣，幸存的莫桑比克人民被夹在中间，双方谁也不管他们的死活。莫桑比克人民历经苦难，在贫瘠之地糊口求生，期盼重回平静生活。

“你多久听到一次炮火声？”我问道。

“每三到六个月就会听到一次。这一次很远，不会影响到我们。我们懂得根据炮火声来分辨战场远近，如果很近，就会有受伤的难民携家带眷上门，其中还包括牲畜。你们政府会派部队把这些难民隔离在法隆贝平原。我们这座小医院经历了不少伤心事，对吧，罗恩？”

罗恩看着我说：“那些人跟我们一样都是切瓦人，所谓边境是白人画在纸上的东西，他们就是我们的家人，但愿

[1] 支持疗法，指的是不直接对付病毒体，而是经由水分、养分的补充和症状治疗，让病患更有体力去自行消灭病毒体。

你不会目睹我们所见的一切，那将会摧毁你的灵魂。”说着，他左脸颊滑落一滴泪。

我们穿戴好口罩、手术衣和手套之后进入手术室。伊华班尼医生和罗恩站在手术台的一侧，指示我站到另一侧。罗恩负责传递手术器具和缝线材料，我则负责擦掉血迹并在伊华班尼医生打结后剪去多余的缝线。伊华班尼医生动作利落、充满自信，手术器具在他和罗恩之间无声传递，两人就是一个训练有素的团队。从第一刀切下去到宝宝出现，仿佛不过短短几秒钟。

“拿去吧。”伊华班尼医生把宝宝放到我手中。

“啊，呃……我该怎么做?”我结结巴巴地问。

“如果是小狗，你会怎么做?”他问道。

“如果是小狗，我会揉揉它，倒立摇晃，清理它的肺。我对人类的剖宫产所知不多，但我确定你不会摇晃婴儿来清理肺部吧?”

罗恩和伊华班尼医生爆笑出声。

“当然不会。等我绑好、切断脐带之后，你只要把婴儿交给艾琳修女就好了。”伊华班尼医生说。

年轻妈妈手术顺利，当她看到刚诞生的女儿时，脸上绽放的光彩瞬间照亮了整间手术室。手术完毕，我跟随伊华班尼医生巡视最后一回，耐心等待他更新病历。

“今天就到此为止。等一下在我家吃饭，你可以睡我家客房。我家就在医院广场旁，这个距离让我可以保有一点隐私，又可以随时待命应付紧急情况。跟我来。”

吃饭时，我发现客厅桌上有个棋盘。“你下棋吗？”我问道。

“小玩一下。我以前都跟我弟弟一起玩，但我们绝交了，这里的人又对下棋一点兴趣都没有，所以我的棋艺也生疏了。你呢？你下棋吗？”

“一点点，我棋艺不是很好，但乐在其中。”

“吃完饭后来玩一局吧。”

“好啊。”

这盘棋下了两个多小时，最后以和局收场。伊华班尼医生和我握手时说：“真是一盘好棋，真希望还能多下几盘。等确定你哪几个星期二会过来，说不定可以在工作之余再加一盘棋。”

“没问题。”

伊华班尼医生的客床是一块称不上舒服的水泥板，不过，睡意依然瞬间来袭。在法隆贝推了整个早上的摩托车，走过十二公里路，参与了剖宫产手术，还下了一盘累死人的棋，我精疲力竭，一边想象着下星期二还会碰上什么事，一边迷迷糊糊地睡去。

感谢卡布库教会医院，隔天中午，我跟着抛锚的摩托车一起回到了自己的办公室。

杰夫第一个出来迎接我：“雷布，发生了什么事？我们好担心你。”

“车子的活塞爆了，我想联络你们，但没有电话。他们好心收留我一晚，又送我回来。这里还好吗？”

“平静无波，一切都在掌控之中。”

“那就好。我得联络一下里郎威的和平工作团办公室，看看该怎么办。你可以帮我请乔来看一下摩托车吗？”

我试了八次才联络上里郎威的办公室。当我挂断电话时，乔走进办公室，他证实了我的猜测。

“活塞坏了，对不起，多可塔拉，我没有零件可以修理。”乔说。

“没关系，乔。我刚跟和平工作团办公室通过电话，他们已经授权我去布兰太尔的专卖店修理。你知道那间店吗？他们的技术好吗？”

“大部分的人都很好，主管是我的好朋友，我们常一起工作，如果你愿意让我跟着摩托车一起去，我可以协助我的朋友修理，同时做些改善。”

我转向对面的杰夫：“你认为呢？”

“我觉得是个好主意。这几天晚上可以请贾马先生代乔的班，没什么问题。”

“那好，乔你就去试试看。”

“谢谢，等我回来，你不会失望的。”乔开心地摩拳擦掌。

三天后，乔骑着我的摩托车轰然飞跃前廊阶梯，停在我面前。我惊喜地发现摩托车声音变了，更像是辆真正的摩托车，而不是只愤怒的大黄蜂。

“午安，乔。你把车救活了！”

“你的车很好，来看看吧。”他稍加解释修改的部分后又说，“多可塔拉，这辆车是为你量身打造，绝不会让你失望。试骑一下吧！”

我二话不说跳上车，一催油门，放开离合器，车子前轮离地，完美地翘起。三十分钟后，我连人带车满布红尘回到办公室，乔正耐心等候着。

“骑起来怎样？”他问

“怎样？超快的！谢谢、谢谢！”

正如乔所言，车子载着我奔驰了九万九千公里，在大自然中饱受风吹雨淋、高温暴晒，一概默默承受，毫无怨言。

真希望我也能这么形容我自己。

*

PART 2

怪异又奇妙的“非洲温暖之心”

8　学西洋棋的酒吧女郎

我拿出一本西洋棋入门书说："拿去吧，在明天上课之前，能读多少就读多少。这本书是你的了，明天见。"

"你的意思是，我可以留着这本书？这是礼物？"她难以置信地瞪大眼睛。

"没错，只要你不要一时火大把书烧掉，要留多久就留多久。"

以和平工作团的标准来看，我会是第一个承认自己过得非常好的人。住所有水电，有抽水马桶，算得上是非常奢侈了，更棒的是，走五分钟就可以到乔洛酒吧喝冰啤酒。在首都里郎威的和平工作团成员也待我不错，生活津贴虽然不多，但也足够了。除此之外，综合维生素、防疟药物和保险套应有尽有。

艾滋病在非洲肆虐扩散，政府几乎没有作为，使得疫情不见缓和。我决定在黑暗大陆的这块小小地方尽一己之力：让乔洛酒吧女郎可以无限量免费拿到维生素和保险套，这些东西全由美国和平工作团提供。

在我服务满四个月时，贝蒂护理师前来检查我的身体，替我注射预防肝炎的丙种球蛋白。她为我测量体重、血压、体温并聆听心跳，确认我的健康状况良好，接下来就是注射——我拉上办公室窗帘，褪下裤子，趴在桌上。丙种球蛋白的剂量是整整五毫升，针头刺进去就像被大黄蜂蜇到一样痛。注射完毕，我穿好裤子，跛着脚走去拉开窗帘。贝蒂坐了下来，我则选择继续站着。

“很高兴看到你这么健康，看样子，和平工作团的任务和新家你都适应得很好。这些是你申请的东西。”她把桌上的维生素、防疟药物和保险套推过来。

“非常感谢你。”我说。

“不客气。”接着，她的口吻变得更为官方，“还有一件事：我们的簿记员麦迪逊在检点补给品申请时，发现你对维生素和保险套的需求远高于其他人，他要我来查清楚，这些维生素和保险套是否用在你自己身上。”

“贝蒂，你过奖了，我怎么可能比其他人吃更多的维生素、用更多的保险套？”

“在看过你的申请后，麦迪逊判断你一天使用超过十个保险套。一星期七天，一天超过十次性关系。”

“现在你知道我为什么需要那么多维生素了。”我调侃道。

“雷布，你要我怎么告诉麦迪逊？”她的语气里没有一丝戏谑。

该死，又来一颗子弹！我干吗老干这种事？我暗忖。

我还没回答，就听到门口传来一个小小的声音：“不好意思打扰你了，多可塔拉，我们不知道你在忙，改天再来。”是露丝。

“不会，请进。”我一跛一跛走到门口。我都忘了她和南希会来拿抗生素。

“有个人我想介绍给你们认识。”我抓着她们的手，把她们拉进办公室，“贝蒂，这两位是我的朋友，露丝和南希。露丝、南希，这位是贝蒂，里郎威和平工作团办公室的护理师，特地来帮我检查身体。”

我倾身凑近贝蒂耳边低语：“露丝和南希是在当地酒吧工作的酒吧女郎。”

露丝和南希跪在地上，用膝盖靠近贝蒂以示敬意，并用灿烂的笑容代替招呼。

“小姐们，真高兴你们来了，正好来替我澄清一下。”我说。

“什么事，多可塔拉？”她们问道。

“贝蒂工作的办公室为我提供维生素和保险套，她刚告知我，负责人认为我需求过大。根据他们的纪录，我每天必须有超过十次以上的性关系，我不觉得这很过分，但和平工作团办公室里的人并不这样认为。”我的眼神里流露出恳求。

“你们两个都清楚内情。”我一边说一边跛着脚走过办公室，“你们可以替我向她澄清。”我来到贝蒂身后，在她的视线范围外双手合十恳求，无声地对露丝和南希说了句“拜托”。

在马拉维，人们不会公开谈论性事，遑论是对陌生人，我的请求对露丝和南希来说是过分了，但谢天谢地，她们心领神会。

露丝率先开口：“贝蒂姐姐，我可以向你保证，多可塔拉是位精力非常充沛的爱人，像公牛般强壮，却又亲切温柔。”

“没错，姐姐，在乔洛县无人不知。”南希附和。

“还有姆兰杰、布兰太尔、奇奇利、林贝和希雷河谷下游一带的人都知道。”露丝一边说，一边一脸正经地和南希互相点点头。

“要我把上次和多可塔拉在床上的经验说给你听吗?”

这下，我敢说我看到贝蒂的咖啡色肌肤泛红了。

“谢谢，小姐们，我想贝蒂已经相当清楚了。”我打岔。

“没错。”贝蒂哈哈大笑，“雷布，我现在清楚你的处境了。”她表示会意地眨眨眼，又说：“很高兴你融入环境如此迅速，并做了这么多好事。保持下去吧，以后你的申请不会再有异议了。虽然想留下来多聊一会儿，但我还有其他地方要去，得先走了。谢谢你招待的好茶，保重，雷布。”

“一路顺风，贝蒂。”我给了她一个大大的拥抱，并向她道别。

南希、露丝和我站在前廊跟贝蒂挥手道别，目送和平工作团的Land Rover（路虎）休旅车离开。我心想：又躲开另一颗子弹了。老天，真是好险！

“像公牛般强壮，却又亲切温柔，我喜欢这句。小姐们，下午茶时间到了。”我说。

回到办公室后，我正在倒茶，露丝指着附近桌上的棋盘，问道：“多可塔拉，你可以教我玩吗？”

“你想学下棋？”

“是啊。”

“为什么？”我问。

露西垂下头，沉默不语，我担心自己冒犯到她，急忙说：“抱歉，露丝，我不是有意要让你难过。”

她抬起头：“我有好多次经过你的办公室时看见你在玩，我想吓你一跳，跟你挑战一局，但没人可以教我。有人说，那不是女人玩的游戏，也有人说我太笨了，学不会，教我只是浪费时间。”

“南希你呢？你想学吗？”

“不怎么想。”

“好吧，露丝，要是你平日每天早上六点半准时来办公室找我，我就教你。要是你没来，我就当作没这回事，好吗？”

“好！”她和南希互相击掌。

“那就明早见了，我得去工作了，祝两位度过愉快的一天。”

隔天早上，我抵达办公室时，露西已经在阶梯上等候了。就像接触每一种新游戏一样，学棋的第一课最为冗长无聊，光是要学会游戏规则，以及每个棋子的移动方法，就耗去几乎所有时间。距离看诊时间只剩五分钟。“来下一局吧！”我说。

“还有时间吗？我知道这种游戏要花好几个小时，我看到有人在外面等了。”露丝说。

“先玩玩看吧。你玩白棋，由你开始。”

两分钟内，走了三步棋，露丝目瞪口呆地盯着棋盘——将军！游戏结束。

“别灰心，今天早上你已经学会很多了。记住，眼光要放远，三思而后行。”我说。而她看起来像只中暑的小鸡。

“我得走了，工作在等我。明天早上见，好吗？”

“好。”她意兴阑珊地回答，眼睛依旧瞪着棋盘。

“多可塔拉？”她叫住我正要离去的脚步。

“是，露丝。”

“我会读书，如果你有相关的书可以借我，我保证会非常小心，一看完就还你。”

“我没有，但我会想办法弄来一本。”

“谢谢！”

第二堂课几乎都在复习第一堂课的内容。眼见学生兴趣缺乏、注意力涣散，我说：“来下一局吧。记住，三思而后行，预测我的下一步，判断自己哪些棋子有危险，并采取行动保护它们，懂吗？”

露丝点点头。

“不会像昨天一样，三步就结束吧？”她问。

“亲爱的，那就要看你了。”我回答。

六步之后，我说：“将军！”

她昨天很震惊，今天则是很沮丧。

“你随时可以喊停，没人强迫你。想放弃吗？”我问。

“才不要！”

“好极了。”我重整棋盘，再启新局。

我记录她走的每一步，尽可能闭上嘴巴。这盘棋我下得痛苦万分，我故意放水，给露丝许多吃掉我珍贵棋子的机会，但她却不会善用我的失误。

二十分钟后，我濒临崩溃：“停！我已经记下你走的每一步，现在重走一次，如果可以，我要你告诉我理由。”

我们重现她的每一步棋，她显然都是走一步算一步。我指出她忽略没吃的棋子，她恼怒地捶打桌子。

“露丝，我得去工作了。”我伸手探入背包，拿出一本西洋棋入门书说，“拿去吧，在明天上课之前，能读多少就读多少。这本书是你的了，明天见。”

露丝收下书。

“你的意思是，我可以留着这本书？这是礼物？”她难以置信地瞪大眼睛。

“没错，只要你不要一时火大把书烧掉，要留多久就留多久。”

她喜出望外：“谢谢，明天见。”

离去前，她转身腼腆一笑：“我以前从没收过礼物。”说完，她就离开了。

隔天早上的棋局断断续续地下得更久了，每次她差点错失重要的棋子，或是没能利用我的失误，我就得暂停棋局。她每走一步棋，用上的时间越来越长，因为她得先确定自己是否出错或有没有疏忽的地方。我努力不表现出我的烦躁。

“到此为止。今天是星期五，下一堂课是星期一早上。把棋盘带回家，用功读书。如果你读过了，那就再读一遍，希望你星期一不会再犯愚蠢的错误。慢走，好姐妹。”

在乔洛酒吧，星期日晚上通常是一周当中步调最为缓慢的夜晚。不但啤酒较为冰凉，我也可以在为数不多的几张小桌子旁找到位子。唯一的飞标靶最受欢迎，但常客不多，所以等待的时间不会太长。在这个特别的星期日，我一走进酒吧，就发现露丝在吧台另一头看书。她摆出棋盘，根据书里的图示移动棋子，南希站在她身旁，两人正专注地看书下棋，对我的到来浑然不觉。

“一个从远方来的旅行者，因为口渴想喝瓶冰啤酒，要花多少钱？”我大声问。

露丝和南希不约而同抬起头，从门口到吧台只要三步，我一步都还没迈出，南希已经拿出一瓶冰啤酒给我。

“谢谢！看来你有在用功，很好，明天的棋局应该会很有趣。”我说。

“多可塔拉，你在教她们两人下棋啊？”同样在酒吧喝酒的泰德·可摩问道。

“我教的人是露丝，很高兴她学得特别好。”

“你在开玩笑，多可塔拉，教女人下棋就像替母猪挤奶一样，挤老半天才能挤出一点点。”他嘲讽地大笑，酒吧里其他四个男人也跟着大笑起来。

酒保伊莱和我一点也笑不出来，露丝和南希则一脸杀气。

“你为何觉得是浪费时间？”我问他。

“多可塔拉，你读了这么多书，应该知道男人和女人想的不一样。男人比较聪明，推理能力高，更会解决问题，女人永远赢不了。”

我喝下一大口啤酒，脑海中浮现出和我一起毕业的四十名兽医系女同学，以及我身边所有的女性，包括家人、朋友和同事，她们如今均事业有成。我的两个妹妹全是大学毕业。玛丽现在是一名优秀的小学老师，同时也是出色的排球教练；斯蒂芬妮是救人无数的杰出加护病房护理师。我的母亲也是名护理师，她是家族里第一个上大学的人。最后我想起祖母，她只有小学毕业，是名烘焙师，跟祖父两人在经济大萧条时期开了家面包店，一路苦撑过来，现在她是店里的业务经理。想起我人生里这些了不起的女人，泰德这番冷言冷语的嘲讽，让我不禁怒火中烧。很少有事能让冰啤酒变得难喝，他倒是做到了。

我望着泰德，心想：算你走运！我祖母不在这里，不然肯定把你打到流鼻血。但我只是说："泰德，你下棋吗？"

"到哪儿都会下个几局。干吗？"他问道。

"露丝下棋还没超过一星期，我赌三箱啤酒，只要四个月，她就能打败你。如何？要赌吗？要冒着输给一个女人的风险赌一场吗？"

三箱啤酒可不是个小赌注，对双方来说，都是将近一个星期的收入。这是个鲁莽的提议，在场的人都认定我必输无疑。

泰德展现气度，婉拒我的提议："不行，多可塔拉，我知道你工作辛苦，美国和平工作团给的钱很少。要是知道你得饿一星期的肚子，我干脆不要活算了。"说完，他露出微笑，试图缓和紧张的气氛。

"看你这么自信，干脆玩大一点，五箱啤酒。"

酒吧戛然无声。

"多可塔拉，你是认真的吗？把五箱啤酒赌在一个不会下棋的女人身上？"

"五箱啤酒，真的。"

"别这样，多可塔拉，拜托。"露丝低声说着，递给我一瓶新鲜的啤酒。泰德显得跃跃欲试，又害怕是个圈套。

“你保证不下指导棋？不会站在她旁边打暗号或插手吧？”泰德质问。

“不会，我不指导，你要我坐在外面或待在家里也可以。”

“那就从今天算起四个月后。”泰德说。

“没问题，但有个附加条件：我们两个先把五箱啤酒的钱交给可靠的酒保伊莱保管，赢家退钱，输家买单，可以吗？”说完，我伸出手。

“你是个笨蛋，多可塔拉。反正我也阻止不了笨蛋，我同意。”泰德握住我的手。

“十六个星期后的今天，星期日，棋局七点开始。”

“说定了。”

两人握手，一言为定。

“伊莱，记下日期和时间吧！露丝，明天见。”我一饮而尽后离去。

归途中，我暗忖：又一颗子弹。我什么时候才能学会不要再自找麻烦？！

9 医生，你的名字是“恶名昭彰”

“你一定知道自己恶名昭彰吧。老实说，还真没半个人说你好话。可是，我看到的是病患在干净舒适的房间里休息，接受一流的治疗，我看到很多好事，并不符合你的名字或名声。”

“名字？我的名字跟我的名声有什么关系？”

“你不知道吗？艾纳巴达威这个名字就代表：敢惹火我，你就不会有好下场。”

“打扰一下，雷布。”杰夫敲敲我办公室的门。

“什么事，杰夫？”我从堆积如山的兽医月报里抬起头，我正根据这些报告编写自己的报告——我们办公室最会出报告了。

“我刚接到通知，丹·艾纳巴达威医生要我们去一趟，他有头牛生病了。”

艾纳巴达威医生有许多不好的传闻，据说他是个专搞坏勾当的医生。我认识的人当中，就有四个深信艾纳巴达威医生会下咒。

“要跟我一起去见艾纳巴达威医生吗？好像很有趣。”我问杰夫。

杰夫迟疑片刻，说：“如果你需要协助，我当然会去，不过我宁可你不要问我。”他的声音细如蚊蚋，我意味深长地看了他一眼。他的表情和声音都流露出深深的恐惧。

“没问题，我要你留下来看家。”

杰夫如释重负地笑了。

“你对艾纳巴达威医生了解多少？我听说的可多了。听说他会变成土狼，摸黑游走于村落之间，听到土狼笑声的村庄，隔天早上就会有村民被下咒生病。”

杰夫沉默不语。

“你也相信法术和咒语吗？卑瓦医生。”我使用正式的称呼。

“雷布，只要是土生土长的非洲人，不管接受教育的程度有多高，都很难不相信法术和咒语。就算有人嘴里说着不相信，他们也会告诉你，他们永远不想被下咒。”杰夫回答。

东西搬上摩托车后，我随即前往艾纳巴达威医生坐落于琼巴村东北区的庄园。一如往常，我奔驰在荒野中，犹如参加一场八十分钟的世界级摩托车越野赛：翻山越岭，横越峡谷河床，闪避着大树、矮树丛、小鸡和突然冒出来的山羊。昨晚一场大雷雨使得泥巴路变得格外湿滑。随处都可以碰到人，除了那条通往艾纳巴达威医生家的路。

我站在山顶眺望庄园。整个庄园被小丘环绕，拥有天然屏障，正中央是栋浅黄色大房子，有两只狗在门口来回踱步，大房子周围则零星散落着许多淡绿色、蓝色或粉红色的小屋，感觉一片生机盎然。

走近大屋一看，那两只“狗”其实不是狗，是土狼，被生锈的细长铁链拴在门的两旁。一个男孩前来迎接我，但我才一伸手他就退开，示意我跟他走，我照办。他在土狼前停下脚步，示意我继续前进。我看着他说：“开什么玩笑！”他不发一语，再次示意我往前走，我吞了吞口水，百般不情愿，转身就要离开。突地，屋内有人叫住我，口音有微微的英国腔：“多可塔拉，感谢你来了，请进。”

我想象过艾纳巴达威医生的模样和声音，但他的口音完全出乎我的意料。他察觉到我的犹豫，又说：“请进，多可塔拉，不用担心我的小狗，它们不会伤害你。”

“小狗？”我喃喃着，缓步前进。土狼走来走去，在我经过时并不怎么理会我。我走进艾纳巴达威医生的家。

“艾纳巴达威医生？”我站在门口对着空旷的屋子呼喊。

“我马上过去，多可塔拉，请随意坐，别客气。”

我照做，几分钟后，一名身穿蓝色牛仔裤搭配红色POLO衫的中年男子出现了。他身后跟着一名端着茶盘的中年女子，女子穿着一袭整洁利落的蓝色洋装，头上包了一种当地人叫“chitenge”的红色花布。

“雷布医生，真高兴我们终于见面了。请把这里当成自己家，不用太拘束。这位是我的妻子玛丽。”

我向玛丽伸出手致意，她回以灿烂的微笑，并欢迎我的到来，说话时带着轻柔的英国腔。

“请坐，雷布医生。”她说着倒起了茶，“你要加牛奶和糖吗?”

“是的，牛奶和一匙糖，麻烦你。”我回答。

“真高兴你已经习惯我国的喝茶传统，这是很健康的喝法。”她说。

我啜饮着茶时，一名年约五岁的小女孩端着一盘饼干出现，在她身后还有一名约七八岁的女孩，手上端着一盘小三明治。

“这是我们的女儿，费丝和乔伊。费丝、乔伊，这位是雷布医生。”他说。

两个小女孩把盘子放在我们前方的桌上，小小地屈膝行礼，我微微躬身回礼。按照传统，两个小女孩跟着母亲退下，留下艾纳巴达威医生和我享用茶点。

“你有一个漂亮的妻子和两个可爱的女儿，家里装潢明亮出色。”我环视房间。

这里像极了我家客厅，抛光的绿色水泥地板和蛋壳白墙面，窗前的黄色窗帘增添了温馨感，墙面装饰着他们家族和非洲野生动物的装框相片。舒适的家具比我自己用的更好。另一头的墙边有个大型书柜，摆放着丰富的藏书、立体音响和许多卡带。茶几正中央摆着孔雀石棋盘和骨制棋子。

看到我在打量棋子，艾纳巴达威医生问："你下棋吗？"

"会一点。棋艺不精，但乐在其中。"

"好极了，在跟我下完棋之前，你可别想走。来吧，"他向我示意，"来看看我的藏书。"

我走向书柜，扫视成排书籍，有心理学、化学、哲学、宗教、植物学、动物学、文学、美术，以及动物和人类医学。太令人震惊了，这不是落后地区的荒野大夫家，而是医科医生的家。

"超乎想象，是吧？"他说。

"的确。"我的视线没有离开书本。

"你原本以为会是什么样子？"

"很难说出口，艾纳巴达威医生。"

"请告诉我。"他坚持。

"这个嘛，"我清清嗓子，"我想的是那种茅草屋顶加泥巴的传统土屋，肮脏乌黑，你打扮得像传统巫医，穿戴着毛皮和羽毛，全身用白色和红色颜料画满神秘符号，雷鬼头，不修边幅，偏爱恶臭污秽。"

他放下茶杯，爆笑出声，连玛丽都跑出来一探究竟。他重述了我的话，玛丽也跟着大笑，我为自己狭隘的想法感到无地自容。

两人重拾冷静，玛丽离去之后，艾纳巴达威医生说："请原谅，我不是有意冒犯，我好久没有大笑了。老天爷。"

他擦掉脸上的泪水，“不好意思，让你失望了。老实说，如果是我自己布置，可能就跟你描述的一模一样了。这一切要归功于玛丽。”

喝完茶，艾纳巴达威医生说：“希望你不赶时间，在看过我生病的牛后，我们全家想邀你留下来共进午餐。玛丽不会想听到别的回答，你不留下，我将会很悲惨。”

“你人真好，我很乐意留下来。另外，请直接叫我雷布就好。”

“那你也得叫我丹。”他说。

他带我参观庄园，沿途在每一间小屋停留，问候里头的病患。每间小屋都有抛光绿色水泥地板、蛋壳白墙面和黄色窗帘；所有病患在草席上都有张舒服的泡棉床垫，还有人随侍在旁照顾起居。我大开眼界。

走回花园，我看见许多人正在辛勤工作。丹说那些都是病患家属，他看病不收钱，但要求家属来农场工作。马拉维人没什么钱，就是家属多，这种安排十分可行，多余的作物可以拿到城里销售，赚来的钱就拿来买医疗设备。我们经过时，丹特地逐一问候并为我引见每个人，以展现对他们的最高敬意。

我们走到农场后的一处围栏，一头重达一吨左右的婆罗门牛站在里面，一旁有干净的水、新鲜牧草和一小堆谷物等美味的食物，但它碰也不碰，肯定是病了。

“它是雷神索尔，但这几天强大不起来了。我从它出生第一天就开始养它，希望你可以救救它。”丹解释。

我向他说明需要压制住索尔为它做检查，说不定还需要索尔的血液样本。我询问他是否有适合的固定架可以架住这头大牛。

“不需要，我可以保证索尔不会为难你。你尽管动手，我会控制它。相信我，雷布。”他说。

回想从前，也有人对我做过类似的保证，下场是我没命地奔跑，一鼓作气跳过一座高篱。然而，我还是决定放手一搏。就像我爸常挂在嘴边的话：“儿子，如果你要做蠢事，最好强壮一点。”我觉得自己非常强壮。

丹和我一起进入牛棚。他直直走向索尔，用食指压住它宽阔的前额后说道：“我遮住索尔的第三只眼了，该做什么就做什么吧。”

我先把温度计插入牛屁股，牛的温度在这时通常是三十九摄氏度，但我量到的却高达四十二摄氏度，水银柱持续升高快要爆表，索尔就要被活活热死了。接下来要检查的地方靠近索尔宽厚的背。我把听诊器贴在同样宽厚的牛胸上，聆听它的心肺——肺部干净，心跳急促。我转向牛头，拉下它的左下眼睑，是灰白色的。

“看来是一到两种常见的血液寄生虫在红细胞里作怪，我建议直接双管齐下。我可不想为了取得血液样本确诊，冒着生命危险切下索尔的耳朵。”

我把适量的两种药剂灌满三大支注射器和一小支注射

器。我看向丹，后者正坚守在索尔前方。

“丹，注射这种药很痛，我得替索尔注射很多次，你确定它会从头到尾保持不动？”

“当然！动手吧！”

我谨慎利落地注入药剂，一边注意牛的动静，一边瞄向最近的围篱。索尔挥动了一次耳朵，我差点扎到自己。我等着这只公牛暴走，但不管我注射哪个部位，索尔都纹丝不动。

最后一毫升的药剂注入索尔体内后，我拔出针头，转向丹，说：“结束了。”

“雷布，离开牛棚，替我开着门，我要夺门而出。”

我闻言照办。

“准备关门！”他大吼，转身拔腿就跑。

丹一跑出来，我便狠狠甩上门拴好。但就像检查和治疗时一样，牛一动也不动地站着。

“遮住第三只眼有后遗症吗？它变成雕像了。”我说。

“没有啊，你确定那个药会痛吗？看起来不——”

话还没说完，就见那头大牛苏醒过来，宛如全国牛仔竞技决赛里的冠军牛，弓起背又跳又踢，扬起一片尘土。我真不敢相信自己的眼睛，它在发烧，身体虚弱，居然还那么有力气。

它终究耗光了体力，平静下来喘着气。

走回主屋的路上，我对丹解释，索尔会在二十四小时内好转，也告诉他几种防治寄生虫病的方法，此外，还告诉他要注意其他动物可能出现的病兆。突地，木头断裂的声音打断了我的话，我们不约而同转过身，只见索尔以蹄刨地，口吐白沫，正站在牛棚外，木头碎片散落一地。木桩和横杆四分五裂，而索尔甚至连滴汗都没流。

“快跑!”丹大喊。我丢下急救包，紧跟在丹后头，回头看到索尔正全速冲过来。我跟丹跑上小路，远离主屋，进入荒野。前方清楚可见一棵杧果树，不用说，只消看紧逼在后的索尔一眼，肾上腺素便瞬间激升，我超越丹，率先抵达杧果树。我们一跃而起，抓住最低的树枝，像两只狒狒般晃到树上，爬到树顶，气喘吁吁。

索尔没有刹车，朝着树一头撞了上来，我们两人一时失手没有抓好树枝，往下掉落卡在半空，我们急忙再爬回树顶。接着，是断裂的声音，我想是树被索尔撞裂了。它趴坐下来喘息，我们也趁机喘口气。

等我能说话时，我问:“现在怎么办?”

“我正想问你同样的问题。”

“看来只能等它自己走掉了。”我说。

“你觉得我的庄园如何?”丹突然调转话锋。

“既然你问了，那我就直说了：我真是不懂。”我回答。

“什么不懂?”他问。

“你一定知道自己恶名昭彰吧。老实说，还真没半个人说你好话。可是，我看到的是病患在干净舒适的房间里休息，接受一流的治疗，我看到很多好事，并不符合你的名字或名声。”

“名字？我的名字跟我的名声有什么关系？”

“你不知道吗？艾纳巴达威这个名字就代表：敢惹火我，你就不会有好下场。”

“惹火艾纳巴达威就没好下场。”他大笑，“很好啊。我同意，有时连我自己都挺惊讶自己的名声。”

“那些名声是哪来的？”我问道。

“我赢来的啊，我还想继续保持下去哩。”他说。

“我不懂。”

“这样说好了，我只要诅咒一个人，那个人就会死，这是好事还是坏事？”他问道。

这种问题一定有陷阱，但我还是老实回答：“从死人的角度来看，是坏事。”

“一点也没错！再来说到这个死掉的人，他经常殴打老婆小孩，甚至还威胁要杀了他们。他的妻子寻求婆家协助却被拒绝，警察也帮不上忙，殴打和威胁依然日复一日。她在绝望中找上了我，哀求我救救她和孩子。这个人死了是好事还是坏事？”

“我懂你的意思了。”

“没有人是彻底的好或坏，就看偏向哪一边。有时候看起来我像是在使坏，但评断的人往往不清楚内幕。可以确定的是，你刚说的‘恶名’在解决某些事情时相当好用。你相信魔法吗？”

“我不相信。”我斩钉截铁地说。

“那么你要怎么解释一个人死在咒语之下？”

“我会说是意志使然。”

“一点也没错。的确是那个男人的意志和良心杀了他，我只不过是当个中间人，让他意识到这一点。”

等我们谈完话，索尔已经回到牛群里了。我们从容不迫地返回主屋，我和他们一家人一起享受了一顿美味的午餐。饭后，他坚持要我留下来对弈，我兴致勃勃地接受挑战。他是个不错的棋手，但我也打了漂亮的一仗。

棋局结束，我问他：“你常下棋吗？”

“最近很少下了。以前都是和我哥下棋，不过我们闹翻了，从此避不见面。”

“很遗憾。”

“我想念他，也想念过去那些美好的日子。家人之间的关系是很特别的，千万别视作理所当然。你哪天来到这附近，请一定要来我家坐坐。”丹在我准备离去前说，“我的名声在某些方面很好用，但也因此吓跑很多人。”

我保证不会拒绝他的热情款待。临去前，他又说：“总有一天，你会需要我的‘黑暗之力’，到时尽管联络我。”

我一路驰骋，难以想象哪一天会用得上丹·艾纳巴达威医生的“黑暗魔法”。不过话说回来，这里可是非洲，如果丹说我早晚会需要他，那就一定会有这一天。

结果证明，我不止一次需要他。

10　接生日：小牛和小婴儿

“母牛怎么样了？小牛生下来了吗？”

“还没，跟我来，她在这里。”说着，他拿掉隔壁房门口的毯子。我探头一看，没有牛，草席上只有一名汗水淋漓的年轻女孩。

“早安，杰夫，今天过得好吗？”我比平常更为雀跃。

“很好啊，你呢？”杰夫坐在自己桌前回答。

“我很好。今天早上，我家前院的桃花心木上，栖息着一只好酷的猫头鹰，我喝茶时，它就在附近徘徊。真是好的开始。”

听我说完，杰夫脸上的笑容突然褪去。他深吐一口气，正色问道：“你今天早上看到了猫头鹰？”

“是啊，我今天早上看到猫头鹰了。有什么不对吗？”我惊讶地问。

“应该没有。”他垂下眼，别开视线。

“什么叫应该没有？”我追问。

“雷布，”他仍然回避我的视线，“早上看见猫头鹰代表有亲人死了。猫头鹰有看你吗？”

“有啊，和我四目相对，还对我眨眼，叫了一声后就飞走了。”

“哦。”他抿着嘴，轻轻摇头。

“‘哦’是什么意思？”

“没事。如果你是马拉维人，看到猫头鹰代表有亲人死去。但你是白人，不用担心啦。抱歉。”杰夫起身走出办公室，与我擦身而过时仍不愿正眼看我。

一整天，我都仿佛被乌云罩顶。到了晚上，乌云总算散去了些，但我仍感到一股莫名的不安。在那之后，每天早上我都会从卧室窗户往外寻找那只猫头鹰，但它再也没有回来过。

在看见猫头鹰的三个星期后，某个阴雨绵绵的日子，贾马先生把一沓信放到我桌上。我看到老爸寄来的信，心情为之一振。一星期一次，他的信总是会准时送到。他参与过战争，非常清楚一个人离乡背井、只身在外的孤寂感，这些信对我来说就是一切。我把其他信推到一旁，先打开这封信。这是他写过的最短的信。

“杰夫？杰夫，来一下。”我大叫，颤抖着手将信递给他，“你读一下，注意日期。”

他一下就看完，把信还给我：“很遗憾得知你祖母的死讯。”

“谢谢你。”我们两人同时盯着信封上的日期。

“雷布，你可能不知道这件事有多不寻常。那只猫头鹰，根据令尊的信，你看见非洲灵魂使者的那天，正好跟你祖母去世是同一天。我不知道猫头鹰也会替白人传讯息，更别说是一个‘白人疯子’。我很替你感到遗憾。”杰夫说。

他走之后，我做了一个短暂的祷告，为祖母和其他已逝去的祖先，也为仍在世的家人。接受了十二年天主教教育，我从未有一刻感觉接近上帝，也没想过要接近。如今我来到非洲，认识了身为妓女的好友、能够预见我未来的巫医以及前来传送讯息的灵魂信使。这里是块贫瘠之地，平均寿命短、婴儿死亡率高，然而，因为人们热情、友好，这里又被称为“非洲温暖之心”。在全世界众多国家当中，这我特别在意的国家。

马拉维人认为“神在雨中”，因为神常常在雨中出现。当雨降临时，仿佛为了弥补自己的姗姗来迟，一下就是滂沱大雨。现在是二月，每个人都说雨季会在五月中旬结束，但我等不到那个时候。接连不断的雨持续了整整两个星期，雨势或大或小，毫无停歇之意。我穿着鲜黄雨衣和黑色雨鞋执行工作，但还是遭雨浇透。一天结束，我浑身湿透，冰冷彻骨。

在这样的下雨天骑车更是如在地狱。这一带唯一的马路泥泞难行，车子退到一档就会打滑，千辛万苦才能前进一点点。更多时候我必须推着车，小心翼翼地经过特别湿滑的地区。我刚说骑车如在地狱吗？根本是在没有边际的地狱！

某天午后，工作结束，我在倾盆大雨中回到办公室。密克朗威（Mikolongwe）挤乳棚的库温达先生有头母牛难产了。如果是在干燥季节，到库温达先生家只要四十五分钟，但遇到这种天气，就得花超过两个小时，而助产从头到尾只需要一小时。娇小的母牛第一次生产，不管怎么用力，体型较大的小牛就是出不来，简单来说，就是卡住了。

小母牛状况不佳，我用静脉注射替它补充电解质、葡萄糖和自制的硼葡萄糖酸钙。我的职责是让小生命诞生，但万一母牛在生产过程中死掉，对库温达一家来说打击更大。二十分钟后，母牛似乎恢复了活力，接下来该让小牛出来了。大块头的小牛正努力要挤出骨盆和阴道，我切开外阴两侧，扩大开口让小牛通过；不切开的话，肯定会造成撕裂伤，到时会更难修补。

在润滑产道之后，我们准备好要迎接新生命来到世上了。库温达先生和我分别抓住小牛的一只前腿往外拉，小母牛用力一推，我们才多拉出两厘米。我把小牛塞回母牛体内，重新润滑产道，库温达先生和我再拉一次，加上母牛的努力，这次多拉出了三厘米。我们重复这个过程好多次，三十分钟后，一只健康的小公牛平安诞生了。

如果是个阳光灿烂的日子就更棒了，但深度及膝的烂泥和连绵不停的雨势令人很不愉快。一般只要两个半小时就能解决的出诊，等我回到办公室已经超过五个小时了，效率奇低，但至少有点成绩。小公牛和牛妈妈活下来了，这一趟长途跋涉总算是值得了。

我停好摩托车，拿起诊疗箱，步履艰难地走向办公室，一心只想换上干爽的衣物，再来杯热茶。我刚脱下雨衣，杰夫便从他的办公室走来。

“小牛顺利诞生了吗?”他问道。

“在那种环境下，算顺利，最后总算把小牛给弄出来了。小母牛动了一些小手术，但状况不错，幸好我不用在雨水和泥泞中进行剖宫产。”

“看得出来你累坏了，但有位年轻人正在我的办公室等你。”

前往杰夫办公室的路上，善解人意的吉尔递给我一杯热茶——正好是我需要的。我一眼就认出了那个男孩，他叫查理，是密克朗威县某村村长乔治·麦迪拉的孙子。乔治·麦迪拉饲养了十几头乳牛，我去过他家好几次。

“你好，查理，家人都好吗?”我和他握手致意。

“不好，多可塔拉。我来这里是因为我祖父一头相当好的牛生不出小牛，已经过了好几个小时，牛病得很严重，他派我来请求你去一趟，提供协助。”

我的心一沉，回头看了眼杰夫，然后凝视着大雨。

“好极了，麦迪拉先生家要比库温达先生家远三十分钟。在这种天气下，我至少要花三小时才到得了，该死，真该死！”

杰夫耸耸肩说：“我是可以去啦，雷布。不过，听起来这头牛说不定需要剖宫产。”

我叹口气。

“这头牛难产多久了？”我问查理。

“已经阵痛快一天了。”

简直是一场灾难。有只牛阵痛了一整天，极有可能正躺在外面的泥巴坑里，小牛八九不离十已经胎死腹中，就算母牛现在没死，也快了。

男孩察觉到我的犹豫不决，恳求道：“这只牛对我祖父来说很重要，如果祖父在这里，他也会恳求你。”

“好好好，我去就是，反正都湿了。”我返回办公室打包诊疗箱。

路途一如预期，漫长颠簸，大雨冲刷着路面，我有好几次不得不停下来确定路面安全后才继续前进，其间还因为桥被冲垮了，原地折返了两次重新找路。等我抵达乔治家，天已经黑了。

乔治一听到摩托车声就从雨中跑出来迎接我，替我拿诊疗箱：“多可塔拉，谢天谢地，你平安抵达了。”

“母牛怎么样了？小牛生下来了吗？”

“还没，跟我来。”他说。

他没带我前往牛棚，而是走进小屋前门。

哇！他真的很爱这头牛，才会把它留在屋里。我边想边脱下安全帽和雨衣。

“母牛在哪里?”我问。

“她在这里。”说着，他拿掉隔壁房门口的毯子。我探头一看，没有牛，草席上只有一名汗水淋漓的年轻女孩，她靠坐在一卷毯子前，三名女子正在照料她。从肚子大小判断，她正经历强烈的阵痛。接生婆嘘声赶人，我退了出来。

“对不起，多可塔拉，她是我的孙女。我的牛没事，我是请你来照顾她。”

“什么?绝对不行。抱歉，乔治，我对接生小孩一窍不通，我无能为力。”

“求求你。我孙女阵痛超过一天了，接生婆帮不上忙。你也知道我们这里的环境，根本没办法送她去医院。我很害怕，我孙女就快死了。”

“乔治，我不是人类的医生，我从没接生过小孩，更没有相关的训练和经验，无法胜任，我做不到。”

“多可塔拉，你是唯一的人选。你想走就走吧，我不会有任何怨言，但我的孙女一定会死。如果有其他办法，我不会派人去请你来，你是我唯一的希望，求求你，好吗?”他当着我的面跪下，双手紧握恳求道。

在马拉维，不要说男人，就连产妇的丈夫也不允许陪同接生，要求一个陌生男人协助，尤其还是个白人，那更是一大禁忌。我看着乔治，脑中千头万绪，我们两人要打破这一禁忌，后果将不堪设想：就我来说，这件事如果传出去，政府当局会收到通知，美方主管将被迫采取行动，我极有可能被指控漠视他国文化而遭驱逐出境。而乔治面对的未来将更加残酷。酋长掌握大权，可以命令乔治携家带眷离开他们的土地。如果真的这样，他们一家将无家可归。

马拉维是世界上婴儿死亡率最高的国家之一，我猜想死于难产的女性，无论是生产中或产后不久的，应该也不计其数吧，大家只能听天由命。但今天的乔治不同。他不惜一切代价就为了救他的孙女，必定是经过一番天人交战才找上我。对他来说，最宝贵也是世上仅有的珍宝，是家人。

当时，我自以为了解这份爱有多深切强大；多年后我自己的孩子诞生了，对妻儿的爱几乎要胀破我的心，直到那时，我才真正深刻明白。

躲开这颗子弹的唯一方法，就是转身背离乔治，直接回家，可是我做不到。

“好吧，我看一眼，就一眼。”我朝隔壁房间走去，才一踏入，接生婆就再次嘘声赶人，并狠狠地瞪了我一眼。

“让那几个女人先离开这里。窗边的毯子全拿走，这里需要新鲜空气。我要一桶水，愈干净愈好，要煮沸至少五分钟以上。还有，叫孩子的爸爸过来。”我虚张声势地大吼。

接生婆拒绝走人，坚决死守地盘，我没心情跟她们争执，直接使出撒手锏：“快走，不然我只好请我的好兄弟艾纳巴达威医生诅咒你，从此以后，你所碰触到的每一个孩子都会死亡。”仿佛有恶魔从后追赶，一群女人飞也似地夺门而出。

我靠近女孩问道：“你叫什么名字？”

她眼神呆滞地望着我，虚弱无力地说：“雀儿喜。”

“雀儿喜，你现在感觉怎么样？”我问她。

“好累，而且好怕。”她回答。

我首先确认她的生命体征，皮肤湿冷，脉搏微弱急促，已经出现休克现象。雀儿喜太虚弱，用摩托车把她送到医院也要三小时，车程对她来说太颠簸，就算找得到愿意来的医生，也会多浪费宝贵的七个小时，甚至更久。她撑得到那个时候吗？

我绞尽脑汁却苦无对策，全身开始颤抖，满脑子想的都是这名年轻女孩会休克死亡，腹中胎儿也将不保。我的耳边尽是急促鼓噪的心跳声，流下的汗水混入被雨湿透的衣服。束手无策的感觉让我陷入恐慌。

我跑出屋子冲进黑夜，在大雨之中蜷缩着身体不停呕吐，吐到只剩下胆汁和唾液。雨水冲刷掉我脚边的呕吐物和唾液。

“天啊，我做不到，我需要帮助，请帮帮我，天啊。”我大喊。

这时，我眼前浮现出母亲的身影。在我长大的家里，在她接待客人的厨房里，她满脸怒容坐在小餐桌前。“乔伊·雷布汉，”她只要一发火就会直呼我的全名，“给我进去！”她指着小屋：“老天在上！你是个医生，给我进去救那个可怜的女孩，听到了没？”她一脸杀气，握拳捶桌。

这一画面缓解了我的痛苦，使我得以恢复冷静。专注！我挺直身躯，朝漆黑的夜空高举双手，任由雨水打在脸上。“乔伊·雷布汉，你已经镇定下来了，快想。”我喃喃自语，“如果这是一头牛的话，你会怎么做？”

我的大脑重新运作。

乔治在屋里等待，一旁有一桶热气腾腾的污水和一名年轻男孩。

“这是你要的水，多可塔拉，爸爸是这个男孩。”乔治说。

“这是最干净的水？”我惊愕地问。

“对不起，多可塔拉，大雨把泥土冲进水井里了。”

“孩子，你叫什么名字？”

“我叫安德鲁。”男孩答。

“你多大了，安德鲁？”

“下个月就满十四岁了。”

“跟我来，坐在这里靠着墙。”

我转向乔治要求更多的水，然后把三袋注射液丢进热水里加温，继而扶起雀儿喜，让她坐到安德鲁的大腿上。

“我要你抬着你太太。”我说。

“多可塔拉，你真的需要我？我可以去帮你拿热水，我真的不想留在这里。”安德鲁抗议。

“我跟你一样。”说着，我拿起止血带和静脉留置针。

雀儿喜正处于休克状态，要找到静脉很困难。我强迫自已充分冷静后下针，出乎意料一次就中。我用胶带固定好留置针，此时注射液的温度已经微微高出一般体温，我用最快的速度开始输液，雀儿喜的脉搏变强，全身颤抖。我把注意力放在婴儿身上。检查过后发现，雀儿喜的子宫颈已经开了，宝宝胎位正常但挤不出产道——母牛太小而小牛太大，母牛因此吃足了苦头，似曾相识的情况。

我在点滴里加入葡萄糖以补充产妇体力，另外还有促使子宫收缩的催产素。我重新计算剂量，在观察雀儿喜的反应之后，我有八成的把握——我百分之百做错了。恐惧直窜背脊，我正要去拿更多的药时，雀儿喜尖叫起来，使尽全力将婴儿往外推，安德鲁面无血色，差点昏过去。要正式来了。

“加油，雀儿喜，你做得到。下次阵痛时，你必须用力推，我会帮你，但你一定要推。”

“我不行，做不到，没有用的。”她恳求。

“你做得到——”

她再次尖叫，使劲地推，我抓着宝宝的头摇晃，轻轻往外拉，成功拉出两三厘米。

生产果然累人，三十分钟后，我大叫：“是男孩！”我用干净清爽的毛巾包住他，擦拭他的小脸，宝宝放声大哭。

“是个漂亮的男孩。”我把宝宝放在雀儿喜的肚子上，用另一条干净的毛巾覆盖住。安德鲁昏死过去。

我知道剪脐带时有特殊的仪式要做，便转身呼唤乔治。他坦承自己不敢面对这个场面，宁愿到隔壁房间等着。

“叫接生婆进来，我们的部分结束了。”我说。

接生婆从隔壁房间冲进来，立刻盖住所有窗户，把男人赶出去。

乔治和我各抓着安德鲁的一只手，撑扶着逐渐苏醒的他到其他房间。我没耗费多少体力，却感到精疲力竭，虚弱得像只刚出生的小猫。我虚软无力地靠坐在墙边，谦虚地接受乔治和安德鲁笑容满面的致谢。

接生婆完成她们的工作后，我们才得以回到房间。我检查了一下雀儿喜的状况，生命体征良好，宝宝正心满意足地吸吮母乳。等我拔除静脉留置针，收拾好东西准备离去时，已经快半夜了。

“留下来过夜吧，多可塔拉，等天亮再走。”乔治说。

“谢谢你，乔治，但我情绪激动得睡不着，不如直接回家。保重，恭喜你多了个曾孙。”

没完没了的滂沱大雨使得路面更加泥泞难行，车子前进得比来时更加缓慢，我快干了的身体瞬间又湿透冰冷。

我狼狈不堪地骑在回家的路上，眼前又浮现母亲坐在餐桌前的画面，她正笑意盈盈地啜饮着茶。有个女人怀胎九月生下你，她的一个拥抱、一个亲吻就可以带走你所有的痛苦，你该如何表达你的感激，感谢她为你所做的一切？

谢谢你，妈妈，我爱你。

11　在边界炮火中救治动物

我们在炮声隆隆的边境救治动物和人。

短短几天的时间，就使我累积了足足一年的兽医经验。

“雷布，你累了吗？”杰夫问道。

莫桑比克政府军和反抗军在边境开战，战况激烈，我们接到通知前来支援，马不停蹄地救治受到波及的人和动物，已经进入第三天。

“不会，杰夫，我应该还可以再撑十……不……是十五分钟。你呢，累了吗？”我问道。此时，我只想好好睡上十个小时。

“累死了，我从没工作这么累又这么久。”

“没日没夜地工作，吃炸蚂蚁、烤老鼠和混了泥巴的玉米粉，没有水可以给手术器具消毒，更别说喝水或洗澡，还要窝在摩托车旁的地上睡觉。这怎么只是一句劳累就能形容的呢？根本是该死的炼狱啊！”

“放轻松，雷布。你一生气，平常的犀利风趣都不见了。”杰夫说。

我每吸一口气就多累一分。

“还有多少动物在等?”我问杰夫。

“最后一次数的时候还有八头牛需要缝合，二十七头牛隔离等待口蹄疫和牛结节疹检查，另外还有十三只虚弱贫血的动物和几只罹患不同疾病的动物。噢，差点忘了，还有五个需要急救的人。这边结束之后，还得照料一下那边。”

“除了说‘好’我还能说什么?先把那些人安排进来，我缝好这个伤口之后就去治疗他们，接着再继续缝合。你先去找人协助照料那些贫血的动物，最后再来做一般检查并处理其他问题。你觉得这计划如何？”我边说边洗掉手上的血迹。我全身脏兮兮，满是泥污汗水，这双手是目前我身上唯一干净的部位了。

我们开始照料需要急救的人，我不禁开始回想这一切的苦难是怎么开始的：负责利帕利牛场药浴池的动物技术员罗伯特·莫尼通报莫桑比克政府军和反抗军的战争已绵延到马拉维边境，一小群莫桑比克难民越过边界寻求庇护，也需要兽医。他评估最多只需要半天的时间，杰夫和我认为最能有效利用办公室资源的办法，就是两个人一起骑摩托车去医治受伤的动物，黄昏时就可以回家了；而那是六十个小时之前的事，果然人算不如天算。

到了现场，通报里所谓一小群难民，其实是如潮水般涌入的人群，携家带眷，连动物都跟着来。

我们改用 B 计划：杰夫丢下他的医疗用品，全速返回办公室。他回来时。身后还有一台载有更多补给品的 Land Rover 休旅车，沿路还从药浴池多拉了三名动物技术员。

这相当于使我又接受了一次教育。治疗这些动物短短几天的时间，就使我累积了足足一年的兽医经验。这段时间，我目睹了人性残忍的一面，幸好也有好的一面，不然我早就抓狂了。几乎身无分文的人把身上仅有的东西给予了处境更为艰难的人，体格健壮的人帮助伤者——真希望我远在威斯康星的家乡的人能看见人性精彩的这一幕，他们绝对难以想象，至少我是如此。

杰夫和我结束治疗时，太阳已经下山快一个小时了。

“我们还剩多少补给品？”收拾东西的时候我问杰夫。

“桌上能看到的就是全部了。”

我一眼扫过去，桌上的几罐药空了大半，缝线材料也所剩无几。

“这次的小冒险快扫光我们的存货了。”我说。

“那还用说。你想现在回家，还是休息一下明早再走？”

“让我想想。现在走的话，三个小时后可以回到家洗个热水澡，吃顿热腾腾的饭，喝点冰啤酒，睡在真正的床上；如果留下来，就只能吃虫子和啮齿动物，喝泥巴水，睡泥巴地。兄弟，我当然要离开这里！”

我们迅速整理好行李，送走休旅车，做完最后一次巡视，跟罗伯特详细说明后续照料的注意事项，就跟他挥手道别，踏上回家的路。家——这个字听起来真是美妙！我早已累到无法动弹，但一想到家就能打起精神继续前进。

然而，才上路骑了三十分钟，杰夫的摩托车就熄火了，我们用尽所有办法重新发动都徒劳无功。当晚回家的希望像落日余晖般迅速消逝。

“该死，真是‘美好’的一天的‘美好’结束。他妈的！只好推车到附近村子，在那里逗留一夜。”我大吼，一脚踢起尘土。

“我不知道该怎么说才好，雷布，但下一个村子不会很好客。”

“你说什么？马拉维人不是全世界最热情的人吗？旅客不是都会受到热情的款待吗？这里不是‘非洲温暖之心’吗？”

“马拉维在那边。”杰夫用手指着西方。

我愣了一下才意识过来。带路的人是杰夫，他偏离了主要道路，换句话说，我们如今是在……噢，该死！

“我们离马拉维还有多远？”我问。

“我猜大概六公里，最多十公里。”

我想要歇斯底里地哭喊狂笑，但还是镇定地说：“要推车在黑夜里走六到十公里也太远了，路上说不定还有地雷。

我们最好快走。”

我们平安无事地走过八公里后，远远地可以看到某些村庄在燃烧，而不绝于耳的炮火声，更是不停鞭策我们继续前进。好不容易进入马拉维，又得席地而睡了。我们躺平后，风声呼啸而过三次，远处随即传来爆炸声。

“雷布，你有听到吗?”

“当然。”我想办法让自己躺得舒服些。

“那是什么?”

“我的好朋友，那是子弹闪过的声音——而且是真正的子弹。头低着点，没事的。晚安啰，杰夫。”

12　再度与死神拔河的小狗们

“多可塔拉，笨笨和跳跳一定得活下去，非活不可！就算要牺牲其他狗，也一定得救活它们！”姆津巴大夫心急如焚地说。

“我明白了。”

我坐在办公室的阶梯上啜饮着茶，望着喧嚣一如往常的四周，突然看见一名年轻男人从人群中跑过。这很不寻常，我思忖着。我在早期的服务期间学到一点：马拉维人不跑步。九成的马拉维人都是自给自足的农民，日出而作，日落而息，没有人需要靠跑步来健身，光要吃饱就很难了，更不能浪费宝贵的精力在跑步上。

他们也不会因为害怕迟到就急急忙忙赶路，可以说马拉维人脑中根本没有紧急的概念，他们过着有弹性的“非洲时间”。在马拉维担任和平工作团义工的两年期间，我最常听到的词就是 pepani 和 mawa，也就是“对不起”和“明天”——更多时候是一句话就把两个词全用上。

如果有人在跑，只会被认为是做错事了。我听过很多次同样的故事：有个无辜的人在跑，结果被人指着大叫：“小偷！”其他人也纷纷大喊追人。万一逮到了“小偷”，残酷无情的街头审判就开始了，有时还会导致死亡。

所以，当我看到一群人追在年轻男人后面时，我开始担忧。我本以为他会直接冲进警察局寻求庇护，结果他对警察局视而不见，朝着我的办公室直直跑过来。我在他跑得近一点时认出了他。

“杰夫！”我大喊。他正坐在桌前，跟某位当地农夫说话。

“怎么了，雷布？”

“有麻烦了。姆津巴大夫的助手正往我们这里跑来，后面还有一群人在追他。你最好去一趟警察局，我们可能需要警察的协助。”

杰夫瞄了一眼情况，立刻动身。两分钟后，姆津巴大夫的助手亚伯满身大汗、气喘如牛地站在我身后，和前方那群人仅隔三公尺[1]的距离。

“把小偷交出来，多可塔拉，我们要好好教训他。”其中一人大吼，众人应声附和，一时间声音此起彼落。

---

[1] 公尺，长度单位，1公尺等于1米。——编者

虽然对方人多势众，但没人逼近我或亚伯，我们现在能做的就是保持冷静，等待警察。他们怎么这么久还没来？

“多可塔拉，他们在靠近。”亚伯说。

我往下看，亚伯是对的。不知为何，我突然一把抓住他的手——可能是怕他逃跑，或是怕自己逃跑，或是怕我们两个一起跑。我想起和杰夫第一次牵手的情景，当时我们刚替几只牛产检完，手牵手一起走回摩托车旁——在中非，手牵手走路象征亲密的友谊。我高举和亚伯紧握着的双手，指着亚伯，对群众大喊：“朋友，这个人是我的朋友。”说这句话很难不让人微笑啊，我笑容满面地一再重申。

人群静默下来，逐渐散去。当杰夫带着三名警察回来时，大部分的人已去各忙各的了。我对特地前来的警察致谢，他们同意逗留久一点，确保安全无虞。

一想到会被私刑处死，我就两腿发软。我带着亚伯回到办公室，颤抖地跌坐在椅子上：“你是怎么搞的？你应该知道那样跑会惹来一堆麻烦。”

“是豹，多可塔拉。今天早上，有只豹攻击我们的牛，跳跳和笨笨赶走了它，可是也受伤了，到处都是血。姆津巴大夫派我来请你过去，还叫我用跑的。”

听到这里，我急忙动身，很快，我已飞驰在路上，心中尽是不好的预感。即使踩足油门，也要三个小时才到得了，两只受重伤的小狗能不能撑那么久还是个问题。

抵达姆津巴大夫家时，只见他坐在小门廊前，笨笨头枕在他的腿上，脖子上围了一条血淋淋的布。两名助手压着笨笨的伤口，另外三名助手则压着跳跳的伤口。

我迅速检查两只狗的伤势，判断需要立刻施予何种治疗。

“怎么样，多可塔拉?”姆津巴大夫轻声问。

“很糟。”我一边回答，一边准备好两袋静脉注射液，“两只都失血过多，处于休克状态。你在这里坐了一整天吗?”

“是的。”

“我需要血，很多很多的血。我要你们村里两只最大、最健康的狗。”

姆津巴大夫立刻派出两名助手去找。

两只狗的血压过低，身上有多处撕裂伤。我拿出所有止血钳尽可能夹住出血的伤口，缝好一个伤口，再继续处理下一个伤口。在注射液的帮助下，狗狗的血压上升了，但新伤口也增加了。我的肾上腺素飙升，在笨笨和跳跳之间反复来回夹住伤口缝合、夹住伤口再缝合，试图止住血。

等捐血狗到了，我已经处理好所有主要的伤口，也帮两只狗施以完整的休克治疗。笨笨和跳跳总算撑过来了。两只二十公斤左右的狗被带到我眼前。

“这是这里最大的狗?”我问道。

助手们点头。

我听到有人说：“杀了它们，取走所有你需要的血。”

说话的人是姆津巴大夫，他纹丝不动，轻抚着枕在他大腿上的笨笨。姆津巴大夫知道他的话吓到了我。“多可塔拉，笨笨和跳跳一定得活下去，非活不可！就算要牺牲其他狗，也一定得救活它们!”他心急如焚地说。

“我明白了。”我从两只大狗身上取走的血量虽不致死，但也差不多了。五个小时后，在来自灯笼的唯一光源之下，我替笨笨缝好最后一针，想起身时才发现，我的双脚、后背和颈项都僵硬得直不起来了。

我抬眼看着姆津巴大夫说:“可以请你的两名助手来帮我一下吗？我站不起来。”

“我来吧，多可塔拉。”姆津巴大夫回答。

我惊讶地看着他轻轻放下笨笨的头，站起身，毫不费力地扶起我，仿佛不过才坐了几分钟，一点也不像动也不动坐了十四个小时的人。我花了好几分钟走来走去，舒展僵硬的身躯。

我收拾好东西准备离去。在最后一次确认四只狗都情况稳定之后，我把笨笨和跳跳需要的抗生素和止痛剂交给姆津巴大夫，并交代如果村里有多余的肝脏或牛肉，可以给小狗们吃一点，帮助它们造血。

“我会好好照料它们。你做得很好，这是你第二次救了它们的命。它们不会忘记，从此刻起，它们会永远守护你。”姆津巴大夫说。

他请我留下，但我婉拒了，接下来还有一整天的行程要忙，要是现在走，还有机会回家补眠几个小时。我把东西放上摩托车，承诺过几天会再回来探视小狗们。

一路上，我脑海中都回响着那句话："它们会永远守护你。"

13 保险套推广阻力重重

每次我提到艾滋病，得到的回应多半是“明天”。这个国家的人提到任何重要的事，都是明天再说。之所以如此，是因为这里的人光是要撑过今天都很难了，没有人会去想明天的事，也没有人会去担心艾滋病，因为那是很多个明天以后的事。

在担任和平团义工期间，我和科瓦札教会教学医院的史蒂夫·伯恩斯医生达成一项超棒的协议。史蒂夫来自南达科他州（South Dakota）平原，年约四十五，是个高个子的金发男子。原本预计被派来马拉维两年，结果十二年过去了，他的任务尚未完成。

我们说好，我来医院医治员工们的宠物，史蒂夫则负责喂饱我。这是一件双赢的事情：医院员工的宠物可以定期接受检查，我也能吃到一顿足以让我撑一星期的午餐。

就这样，在某次的午餐场合，一个严重的问题浮上台面。史蒂夫吃到一半，放下了刀叉：“非洲的艾滋病肆虐，就快噩梦成真了，这个国家得加强艾滋病教育才行。我打算先在我们学校推出艾滋病教育课程，如果有用，就推广出去，我想请你协助简报以及一些后续的访谈。你觉得怎么样?”

我咀嚼着满嘴的烤牛肉，琢磨着他的提议。我清楚艾滋病疫情急迫，史蒂夫肯定不会想听到我接下来要说的话，但我吞下食物，坦言：“史蒂夫，我可以想见艾滋病将横扫一整个世代，说不定还有下一代，但是，你是在打一场不会赢的战争。我很欣赏你的努力，但成功概率太低。除非死更多人，尸体堆到像姆兰杰山那么高，不然你不会有胜算的。”

史蒂夫大为震惊：“为什么那么说?”

“史蒂夫，你是虔诚的基督徒，可能看不惯我的作为，但我几乎每晚都在乔洛酒吧喝酒，有妓女相陪。我认识的大部分马拉维人生活都非常淫乱，就算结婚也不忠诚，没有人认为自己会得艾滋病。事实上，他们根本不在乎。”

我接着说：“每次我提到艾滋病，得到的回应多半是‘明天’。这个国家的人提到任何重要的事，都是明天再说。之所以如此，是因为这里的人光是要撑过今天都很难了，没有人会去想明天的事，也没有人会去担心艾滋病，因为那是很多个明天以后的事。”

史蒂夫医生沉默不语，我等不到回应，便自行打破沉默。

“对不起，我无意泼你冷水。”说着，我将马铃薯泥挖入自己盘里，“但这是我看到的情形。可以请你把肉汁拿给我吗?”

“你的意思是，我们连试都不要试?”

从他坚毅的下颚看来，我的话反而更坚定了他的决心。我投降，表示愿意帮忙。

三个星期后，十名卡车司机来到我面前，当中就有六名我熟识的男人，我因为工作的关系去过他们的小农场，也跟他们一起在村里的小酒馆喝过酒。史蒂夫选择他们，是因为就他们的生活方式和工作内容来说，他们属于高危险群。我负责播放与讲解一系列艾滋病病发过程的可怕照片，这些照片来自史蒂夫的某些前病患。艾滋病患者会经历体重减轻、身体瘦弱、卧病在床，最后死亡的过程，所有人看了都不寒而栗。尽管我复习时也看过这些简报许多次，但每次再看都依然觉得心碎。课程结束时，每个人都心力交瘁。

简报成功引起男人们的注意，但能否长久改变他们的性行为？只能让时间来回答了。接下来要讨论的是如何预防。史蒂夫医生知道要让这些男人改变性习惯是不可能的，他的目标是引导他们使用保险套。史蒂夫巨细靡遗讲解保险套的使用方法，在发问时间结束后，发给每个男人一盒保险套，要他们在下次上路时使用。部分车队要前往南非的港口城市德班（Durban），一去就是好几个星期，在他们离去前，我们约好下次碰面的日期和时间。

几个星期后，所有男人如期准时出现，我们安排个别访谈，希望他们在私下的场合能更加侃侃而谈。在访谈过后，几乎每个人都把上次收到的那盒保险套，原封不动地退还给了我们。

询问他们为何不用时，得到的都是相同的回答：减少快感，太过麻烦，不喜欢被套住的感觉，不想做到一半停下来。我进一步询问他们对“消瘦病”的看法，以及危险性行为带来的风险时，大家的反应如出一辙：我健康强壮，不可能会生病；我很小心，只跟没生病的女人上床。有一两个人完全了解这个疾病以及不设防的性行为所带来的危险，但他们也拒绝使用保险套，大家各自表述，总之人生就是要尽情享乐。

看着一盒盒保险套被原封不动地退回，史蒂夫的沮丧显露无遗。就像我警告过他的一样，尽管是预料中的事，我依然忧心忡忡。难道真的要等到尸体堆积如姆兰杰山，才能唤醒这里的人民？光是想象就让我不寒而栗。

“好吧，唐纳德，你还剩下多少保险套？”我问最后一名司机。

“不多，多可塔拉。”他把桌上的盒子推向史蒂夫医生和我。我打开一看，只剩四个保险套，我和史蒂夫医生两人神色为之一亮。

“其他保险套都用掉了?”我兴奋地问。

“这是一趟很棒的旅程。”他呵呵直笑，“要不是时间不够，我可以用掉整盒，下一趟我会用光。”他笑容满面地说。

“哇！其他司机都不愿意用，可以说说你为什么愿意用吗?”我问道。

“在听过你们的解说之后，我吓到了，还有照片里因为‘消瘦病’死掉的人太可怕了，我不想那样死掉。”

唐纳德是乌云密布中的一道光，振奋了史蒂夫医生的精神。他重燃热情，看得出他接下来就要全力冲刺了。

访谈结束，我问了唐纳德最后一个问题：“我们想让简报内容更有效，如果是你，你会怎么做? 要怎样才能让更多人使用保险套?”

“你们少提到一件事，我觉得这件事很重要，如果你们分享出去，保险套的使用率就会增加。”

“那是——”我问道，和史蒂夫同时倾身向前，竖耳倾听让课程成功的关键因素。

“我发现，剪掉保险套末端再套上，做爱更爽。”唐纳德露出大大的微笑。

史蒂夫和我跌回椅子上。我有种肚子被人揍了一拳的感觉，我相信史蒂夫也是。

“谢谢你，唐纳德，你可以走了。”我说着瞄了眼史蒂夫，可怜的他，已经呆若木鸡了。

唐纳德从桌前起身问道："我可以再多拿点保险套吗？"

"当然，桌上那几盒你都可以拿，几乎都没用过。"我说。

史蒂夫点点头，他已经累到说不出话。

"谢啦。"唐纳德塞了三盒到腋下，走向门口。

我转向史蒂夫："起步不顺。"

"不顺？根本是一团糟！"史蒂夫离开座位，心烦意乱地来回踱步。

"好啦，史蒂夫，这里是非洲，改变方法就好，别放弃。我去追唐纳德，在他离开前，我得教会他使用保险套的正确方法，马上回来。"

我在唐纳德走出医院广场前找到他，告诉他正确的用法，他不在乎，甚至说他可能不会再用了。我们约好等他下一次回来再联络。

尽管机会渺茫，史蒂夫依然继续坚持他的艾滋病教育课程。当我十五年后重返马拉维，寻找我的马拉维朋友、伙伴、熟人和前职员时，有七成的人都走了，罪魁祸首就是艾滋病。

年迈体弱的老人家连自己都照顾不好，还得承担照顾十几个孙子的重担。许多哥哥姐姐看起来健康堪忧，还需照顾未成年的孩子们。

不知道堆积如山的尸体到底有多高，但光知道死亡人数还在攀升，就令我心痛如刀绞。

14　棋赛、赌金与胜利者

她移动棋子，带着前所未有的自信口吻，缓缓地说：“该你了。”

我抬眼，只见她满脸笑容，露出成排完美洁白的牙齿，那种笑容意味着“危险”。

“看来我的麻烦大了！”我说。

最后四星期，我得一天两次密集训练露丝的棋技，可以想见非常疲累。训练内容涵盖开局、进攻、防御、快棋、慢棋。

距离棋赛还有两个星期时，露丝和我都只下完整棋局。有一次，我一边下棋一边处理文书工作，采取保守战术，等待露丝失去冷静露出破绽。棋局进行了四十五分钟，从露丝紧绷的神情看来，她就快失去耐心了，到我出手的时候了。然而露丝出奇自制，使得棋局继续下去。她移动棋子，带着前所未有的自信口吻，缓缓地说："该你了。"

我抬眼，只见她满脸笑容，露出成排完美洁白的牙齿，那种笑容意味着"危险"。我的视线移往棋盘扫视前方的棋子时，也忍俊不禁。"看来我的麻烦大了！"我说。

露丝欢呼一声。

"等等，棋局还没结束。别分心，说说你的看法。"

"在我看来，如果你移动明显错误的棋，我再走四步就可以将军，但如果你走正确的棋就会失去皇后，我将占尽优势。"

"搞什么！"我靠回椅背。战况岌岌可危，我却感觉良好。我移动正确的棋子，输掉了我的皇后。露丝眉开眼笑地从棋盘中取走我的皇后。当她说出"将军"时，那一刻真是值得纪念。

我把工作搁在一旁，全神贯注在棋局上。

我的神情严肃。"你刺激到我了，一只被激怒的动物是极其危险的。从现在起，你必须谨慎冷静，保持专注，懂吗？"我说。

她收起笑容，了然于心地点点头。棋局继续，我从保守转为大胆进攻。在露丝走完她的棋后，我一把抓起棋子，砰的一声放下，这个动作吓到了露丝。我盯着她出手，在她缩手后立刻抓起另一颗棋子移动，露丝迟疑不决地咬着下唇，苦思下一步。

“停！”我抓住她的双手，“露丝，看着我。”她快哭出来了。“深呼吸，放轻松。”我温和地微笑，“好多了。你原本有机会赢，却错过了，怎么回事？”

“你吓到我了，你的表情……看起来就像个疯子。还有你下棋的方式——出手那么快，我好紧张。”

“没错，你一紧张就无法好好思考。看好，我现在要重走前五步，换你了。你还记得你是怎么下的吗？”

“记得，我把主教从这里走到这里。”她移动棋子。

“为什么？”

“我怕被攻击，所以要让主教回来保护国王。”

“那正是我要说的，你怕被攻击就做出回应，没去想接下来的第二步、第三步和第四步。”我把她的主教移回原处，“我要你再多看一眼棋盘，慢慢来，看仔细。”

她停顿片刻，接着神情一亮。

“我可以在四步之内将军。”她兴奋地说。

“做给我看。”

她漂亮地移动她的骑士，四步之后，我果真被将军了。

“你赢了，看到没？你打败我了！恭喜！”我起身伸出手。

露丝略过我的手，像只猎豹般扑到我身上，给了我一个大大的拥抱。

“谢谢你。”她开心地说。

“不客气，从现在起，我会全心全意和你对弈，你是很棒的对手。”

这一局是露丝重要的转折点，她摇身一变成为强劲的敌手。在和泰德对弈的前一晚，露丝和我的第二局进行了一个小时，在这之前的两晚我们第一局都是打成平手。我是白棋，走完这一步后，我一边打量棋盘一边等待露丝出手。

“你为什么要放水？”她问道。

“你在说什么？”

“别开玩笑了，你明明看到了。”

“看到什么？”我审视棋盘，“在我看来，我的战术发挥得很好，现在微幅领先。我是说真的，继续吧。”

露丝耸耸肩，来回连下三步后，轮到我了。我看着棋盘突然呆了——我完全被她困住了。几分钟过去，我兀自思考对策，没一条路可以逃过被将军的命运。

我抬起头，露丝正蓄势待发。

“你赢了，下得好！”我说。

听到我的话，她从椅子上一跃而起，欣喜若狂地跳来跳去。

“姑且玩到底分出胜负吧。你还要几步才能将军？”我问。

“四步！”她自信满满地说。

“跟我想的一样。”

一如预期，四步之后，露丝移动棋子，大喊：“将军！”

我起身恭贺，两人都笑容满面。

“恭喜——”我的话才说到一半，她就哭着扑向我。

“等等，你哭什么？应该高兴才对啊！”

“我太高兴，只好哭了。”她说。

“你真是个有趣的女生。”我喜不自胜，得意得连自己都流泪了。

时光飞逝，很快就到了对战日。我吩咐露丝，在棋赛开始前不要再碰棋盘或棋子，自己则在赛前提早半小时去勘查现场。酒吧内人潮拥挤，正中央的桌上摆了张棋盘，一切准备就绪。

“感觉怎么样？”副县长布赖恩问。我跟他对弈多次，从未赢过，露丝的对手泰德·可摩机灵地跑去向他求教。

“老实说，我很紧张，但要上场的人又不是我！”我踱来踱去。

露丝和南希准时出现，在寒暄之后，我牵起露丝的手，直视她的双眼：“上场吧，保持冷静，不管局势多糟都不要慌张。去打败他，祝好运！”

我们的双手紧紧互握之后，露丝走进酒吧，立刻受到热烈欢迎。布赖恩和我则搬了张桌子到前门外坐下，另外摆了张棋盘，透过其他人的汇报重现屋里的棋局，如此，即使没有在旁观赛，也能综观全局。

两分钟后，南希出来进行第一次通报：“泰德伸出两只手让露丝选，她点了他的左手，打开来是黑色兵。露丝是黑棋。”

“谢谢，南希！下次你出来报告露丝的第一步棋时，可以顺便帮我们带两瓶啤酒来吗？谢谢！”我说。

我旋转棋盘，把黑棋转到我这边。布赖恩根据马克·岱札的回报，重现泰德的第一步棋。两分钟后，南希拎着两瓶啤酒出来，同时报告露丝的第一步棋。我把一瓶酒递给布赖恩，跟随露丝移动第一个棋子。

“干杯。”我对布赖恩说完，一口干掉半瓶酒。

“干杯。”布赖恩比照办理，“谢谢你的啤酒。”

“如果一切顺利，就得感谢泰德·可摩了，我已经请伊莱算在赌金内了。在其他人来抢之前，我们先分一杯羹吧！”

露丝走完第七步，我和布赖恩也喝到了第三瓶。我端详棋盘，泰德的每一步都经过谨慎计算，布赖恩调教有方啊！

“谁会赢呢？”布赖恩问道。

“露丝。”我胸有成竹地答。

“什么？！”他大叫。

“我就知道会激怒你。”我呵呵直笑。

“说真的，到底谁有胜算？”布赖恩问道。

我再次打量棋局，说：“照这样看是势均力敌，很有可能缠斗三个小时，但我不认为他们两个人有办法撑那么久，就看谁先累到犯错。问题就在另一个能不能抢得先机，只能等着看了。”

一个半小时过去，仍看不出哪一方有明显优势。泰德多次发动攻势，全被露丝挡下。如果是我就会采取强硬的攻势，但露丝倒也一路稳扎稳打。泰德持续精准进攻，露丝则谨慎防卫。

随着棋赛的展开，棋局变得有点眼熟，我总觉得在哪儿看过这盘棋局，但就是想不起来，尤其是在六瓶啤酒下肚之后。马克出来报告泰德最新的棋步，布赖恩走棋的那一刻，我恍然大悟。泰德跟那一晚的我一样，正一步步走进露丝的陷阱里，她只要迫使泰德移动一个小小的兵，他就逃不掉了。

我在脑海中模拟那晚的情形，将主教移动到危险的地方，这是一步险棋，但如果泰德上钩，他会出动那枚兵来威胁主教，重蹈我之前的覆辙，露丝就能在七步之内击败对手。我思索着泰德能突围的每一条路，但显然，无论他怎么走，都是死路一条。

“加油，女孩，你做得到!”我喃喃自语。

最后，南希出来了，她描述棋步。

“你确定?”我问道。

“是的，多可塔拉。露丝还做了另一件事。”

“什么事?”我问道。

“她看着我微笑。”

我移动棋子，跌靠回椅子上：“老天，她做到了，她快赢了。”我难掩内心的兴奋。

“你自己看看吧。”我对布赖恩说。

三步棋之后，布赖恩说：“妈的！泰德完蛋了。这是你教她的吗?”

“我很想说是我的功劳，但不是，是露丝自己。”我眉开眼笑。

四步棋之后，我听见她大喊："将军！"群众欢声如雷，撼动整间小酒吧。南希高举露丝的手，泰德则在一旁鼓掌，和在场的所有人一起欢呼。

"各位先生女士，请听我说！"我在酒吧后方大喊，"谢谢大家今晚的参与，也要恭喜两位棋手，这是一场很棒的棋赛，你们都要为自己感到骄傲。"更多的掌声和欢呼。

"接下来有五箱啤酒是算在泰德的账上，让我们为泰德欢呼。"另一阵欢呼声响起。

伊莱迅速地发放啤酒，我再次呼唤众人的注意："我手上有给伊莱买五箱啤酒的赌金，为了庆祝露丝和她的胜利，我要还给伊莱，这样大家就有十箱啤酒可以喝了，干杯！"

小酒吧里再度欢声雷动。布赖恩和我各拿起四瓶酒从后门溜了出去，在楼梯上尽情畅饮，屋里的派对火热，有音乐、歌唱和舞蹈。这是属于露丝的荣耀时刻，她沉浸其中。这是所有人的美好时光。

获胜的隔天早上，露丝一早就在办公室阶梯上等我。

"早安，多可塔拉。"她整个人容光焕发。

"早安，冠军。一大早就到处走动啊！来吧，进来喝杯茶。"

"谢谢你，教练。"

"说来听听，成为乔洛酒吧有史以来第一名西洋棋冠军，感觉怎么样？大获全胜的滋味如何呀？"

出乎意料，她突然收起笑容，垂下眼，变得异常沉默。她若有所思，我只能静待她的回答。

“你知道这个国家的男人想娶怎样的女人吗?”

我丈二金刚摸不着头脑，只能给出自己能给的最好答案:“我想他会找一个努力工作，还能生很多小孩的女人。”

“没错。”她双唇颤抖，深吸口气后说，“我结过婚，我努力工作，但没办法给丈夫很多小孩。有一天，我从田里工作完回家，发现我的行李都被丢到了门外。你知道这代表什么吗?”

“你丈夫要跟你离婚。”

“是的，我丈夫想要小孩，但穷到娶不起第二个妻子。谁能怪他? 不管女人有多聪明漂亮或辛勤工作，有哪个男人会要一个不会生的女人? 没有。我的人生从那天起就结束了。”她说。

我无话可说，只能沉默，替她感到心痛。

露丝接着说:“我觉得很羞愧。我家很穷，不想增加家里的负担，所以我就拿了一点点钱，能走多远就走多远，最后做酒吧女郎以维生。我不再属于任何人，却被所有人使用。”

她双眼低垂，静默半晌后，抬头望着我，泪水滑落脸颊:“你觉得我是个什么样的人?”

“我认为你是一个好人。”说着，我把手帕递给她，“温柔又有爱心，不幸踏入一个危险的职业。我认为是你在带领其他酒吧女郎，她们仰赖你的指引。你把她们当家人，照顾并关心她们。事实上，你就是一家之长。如果换个时空背景，现在坐在这个位置上的医生说不定就是你。你可能会是在地方医院里照顾病患的护理师，也可能是乔洛小学的老师。你可以自豪的地方很多，一点也不需要觉得羞愧。”

露丝破涕为笑：“没想到一个来自远方的‘白人疯子’会看到在这里生活了一辈子的人看不到的事。多可塔拉，多亏有你，我才能在与男人的比赛里，用自己的头脑打败男人。在这场胜利之前，我和姐妹们比起被人踩在脚底下的泥土都不如。酒吧女郎没有未来，但现在我们共享胜利，可以抬头挺胸骄傲地活着。你问我成为冠军的感觉、大获全胜的滋味，这就是我的回答。既然你知道了我的出身，也就知道我是怎样的人了。”

她的表白令我感动。

“露丝，能认识你并成为你的朋友是我的荣幸。”我说。

她灿笑盈盈，指着桌上的棋盘说：“这是个好游戏，男女生都可以玩，没有人比较占优势，也能让人三思而后行。在马拉维，光是活过今天都不容易了。我认为该让更多小孩来学这种游戏，你觉得呢?”

“我同意。”

“那好，我想去教小学的孩子，需要你帮我拿到更多棋盘和棋子。”

“你需要多少?”

“十组。”

“十组?”

“是的，十组。这样就能同时指导二十个学生了。我需要十组。”

我靠回椅背，斟酌十组棋盘和棋子的价格。

露丝继续推波助澜：“是要给孩子们的。你在这里住了那么久，应该也知道马拉维的生活会磨灭一个人的梦想。我知道这样一来你得少喝好多瓶酒，但酒带来的满足不会长久，而你的礼物会持续带给孩子们欢笑和希望。”

“好，不要再让我内疚！我会给你十组。”

“谢谢!”她跳起身，双膝跪地以示敬意。

“希望你和其他女生别再这么做了。”我扶她起身，“我得去工作了，这样才有钱帮你们买棋盘。待会儿见，冠军。”说完，我牵着她的手，护送她往门口走去。

我们手牵手走近门口。露丝说：“我从没牵过男人的手，你说我是你的朋友，并不是在说笑的，对吧?”

牵手走路象征真挚友谊，在乔洛和姆兰杰这种乡下地方，是不可能看到男人和女人牵手走路的。女人要尊重男人，永远走在男人后面，而非与男人并肩而行，这就是这个地方的作风。

“我不是在说笑。”我最后一次紧握她的手后放开。在我的视线之中，她抬头挺胸，轻快地向前迈步。

我心里想着：她说得对，西洋棋的确是个好游戏。

15 只需在胸前画个“I”，我就能打胜仗！

我转身站起，挺起胸膛当众展示，现场惊呼连连。

我的胸膛中央有一个以血红色圆圈围住的“I”，这是丹·艾纳巴达威医生的记号。

三个月前，我开始到市场实施肉品检测计划，过程不是很顺利。我站在市场中央，被十几个手拿利刃的肉贩团团包围，每五具动物尸体就有三具被检查出染上肺结核。来做这份工作的人，如果不是太勇敢，就是太笨。我有好几次发现自己浑身是汗，暗中祈祷下一只动物会过关。

每当我检测出有问题的动物时，肉贩都会毫不客气地表达他们愤怒的情绪，大部分的人会气得跳脚，扯着嗓子大声嚷嚷，挥舞刀子激动狂骂。我已经知道面对这种状况最好的方法就是保持冷静，并随身携带一把大刀。我设法压抑怒火，但总有被逼到崩溃的时候，这时大家才发现，我挥舞刀子抓狂大骂的本事一点也不输任何人。

肉贩知道威胁不了我，转而寻求巫术。他们凑了一笔钱，用抽稻草的方式决定谁去找艾纳巴达威医生——可怜的弗兰克·菲里抽到最短的稻草。我事后得知，艾纳巴达威医生听到他们希望置我于死地时，气得对弗兰克·菲里下了咒。弗兰克和另外三名肉贩必须设法活过这个星期，没人敢再提起巫术。

想靠巫术却偷鸡不着蚀把米，肉贩改而贿赂我。真是太侮辱人了！说是贿赂，拿出来的东西也太少了。我不怕威胁，因为好友的关系还可以躲过咒术，但想便宜收买我就大错特错了，那只会增强我的好胜心。

战争又持续了三个星期，肉贩不停把染病的动物送进市场，我则不断检验没收。没收的动物愈多，大家的怒火愈旺，我也不遑多让。在我每周去一次的市场里，唯一改变的似乎就是观众了，愈来愈多的人跑来看火冒三丈、挥舞大刀的男人。

再次去市场检测肉品的前一天早上，我有种奇怪的预感，内心有个声音要我去找丹·艾纳巴达威医生。因此吃过午餐后，我便出发前往他家，没有事先告知，但他已经等在那里迎接我了。

“你来晚了。”他握着我的手说。

“你又不知道我要来，怎么说我晚了？”

“我整个早上都在呼唤你，你没听见吗？过来坐，喝杯茶，我再来解释。”他领我来到一棵大杧果树下，桌椅已经摆设好，茶也准备就绪。

“明天市场上会有麻烦。”说着，他递给我一杯茶。

“怎样的麻烦？”我问道。

“严重的大麻烦，让我不得不事先警告你。我担心兄弟你的安危。”

我喝了口茶，脑中闪过一些讨厌的画面。

“有什么建议吗？”我问。

“事实上，我有个计划。有一定的风险，但我反复思量，这是你最好的选择了。”

我洗耳恭听丹·艾纳巴达威医生的点子。他说完后问：“你觉得如何？”

“好是好，但如果出了差错，有补救措施吗？”

“一个聪明的跛子会撑着墙跳舞。多练习拿刀干架吧。”他提议。

三次市集检测下来，我和肉贩之间的冲突已白热化，隔天早上，市场上挤满了等着看好戏的群众。肉贩接连把小牛送来，我逐一检查，结果出乎意料，每只都健康状况良好，通过了检测。双方互动有礼，专业以对，围观群众大失所望。看来我的苦口婆心没有白费，这段日子的辛苦总算有了回报。

正当我以为丹·艾纳巴达威医生的预言不会成真时，最后三名肉贩把一只瘦弱的牛带到我眼前，我的心为之一沉。

“男士们，你们的牛看起来不太好，通过检测的概率很低，建议你们不要送进市场卖。”

三个男人铁青着脸，打死不退让，执意要我检查，现场气氛一片僵滞。屠宰过的牛准备就绪，我逐一检查，如我所料，在检查完后，我宣布这些肉都得丢进坑里。

“不是今天，多可塔拉，这是你最后一次没收我们的牛，今天得被丢进坑里的是你！”泰勒·恩科马口沫横飞地大吼，一旁的两名肉贩则双手把玩着大刀，刀在他们手上仿佛是活的。

丹·艾纳巴达威医生预言的那一刻来了。群众退避三舍，三名肉贩和我宛如竞技场上的战士针锋相对，大家一动也不动，空气仿佛为之凝结。

好在丹·艾纳巴达威医生早已拟定计划，经过反复练习，我已做好准备，虽然是有备而来，但我仍有选择。我站在原地，两手慢慢把玩着自己的刀。局势很明显了，我的左上唇开始颤抖。

我心中冒出人类最原始的直觉：打或跑。类似的情况，我生平遭遇过三次，每次都只能诉诸暴力，看来今天也免不了了。

“笨蛋！”我大叫，把刀轮流对准每一个男人，“你们以为可以伤得了我吗？”

我趾高气扬地走向装满废弃动物血液的木桶——该是使

出绝招的时候了！我转身背对肉贩，脱掉上衣，倾身从木桶里舀起即将凝结的血液淋到手臂上，血液飞溅到我的肩膀和胸膛，我感觉得到血从背后滑落。我转身站起，挺起胸膛当众展示，现场惊呼连连，我往前一步，大伙儿直直往后退。我的胸膛中央有一个以血红色圆圈围住的“I”，这是丹·艾纳巴达威医生的记号。

“来啊，把我丢进坑里啊！”我嘲弄道，“把我扔进坑里之后，我以丹·艾纳巴达威医生的记号为誓，我会成为你的梦魇！等你醒来，在坑里的人会是你，陷在你带进市场卖的腐烂肉堆里，嘴里塞满蛆，让你想叫也叫不出来。来啊，笨蛋，来打啊！”

我一边狂笑，一边走向前迎战，肾上腺素、血压飙升，心跳加快，随时准备砍人。我惊人的演出带来好医生预期的效果，肉贩夹着尾巴跑了，围观的人争先恐后逃离市场，现场陷入一片混乱——但混乱得好！丹·艾纳巴达威医生拯救了这一天。

我冲进科帕卡巴纳卖酒店后面的厨房，杰夫已经带着肥皂、水和换洗衣物在那里等着了。几分钟后，我恢复原本模样，随即“走为上策”，留下杰夫收集情报。

三小时后，杰夫回到办公室。

“事情怎么样了？”我问道，口吻比想象中轻松。

“天翻地覆！你吓坏了所有人，大家议论纷纷，觉得你真的疯了。你也知道我们非洲人是怎么对待疯子的，我们会躲开他们，不看他们，不跟他们说话，不跟他们扯上关系。他们是碰不得的。”

杰夫接着说：“要是被农夫听到且当真的话，你休想再踏进农场一步了。大家都在说市场被诅咒了，得关掉才行，话已经传到村长和酋长那里去了，事情还没结束。”杰夫抓狂了。

“杰夫，放轻松，冷静一下。你仔细想想：第一，没有人受伤。第二，我们再也不用担心泰勒·恩科马那伙人来找麻烦，或是想把生病的动物送到市场上卖。第三，丹·艾纳巴达威医生站在我们这边，他预料到会发生这种事情，要我们别担心。我们现在要做的，就是保持冷静，耐心等候，问题自然会迎刃而解。”

“但愿你是对的。如果这一带只剩我跟碰不得的‘白人疯子’是朋友，传出去可不好听。”

一个小时后，我跟酋长一起喝茶。一番寒暄后，他开口道：“我有个大问题，多可塔拉，我需要你的协助。听说市场被诅咒了。我担心的是市场的位置，现在没有别的适合点，市场需要原地经营。我该怎么做？”

“相信你也知道我今天早上被威胁了。”见他点头，我继续说道，“如果要让市场继续营业，就得一劳永逸解决肉贩和我之间的紧张关系。几个星期前，我请你命令肉贩遵守我的要求，不然就将他们从市场赶出去。为了你们族人的健康着想，我恳求你采取行动，但你拒绝了。但如果你现在这样做的话，市场就能一如往常地运作。”

“明天中午我会在市场召开会议。”酋长说。

“我会到的。”

“谢谢你，多可塔拉。你可以同意我一个小小的请求吗？”他问道。

“当然。”我回答。

“可以掀开衣服让我看看你的胸口吗？”

我缓缓掀开上衣，酋长身体后仰，斜过头眯起眼，仿佛我的胸口会射出一道闪电。直到看见我光滑无瑕的胸膛，他才松了口气。

隔天中午，我依约前往市场。除了肉贩，市场上还聚集了一大群普通民众。酋长要我事先自掏腰包买一桶两百升的自酿啤酒请众人畅饮，没想到这招还真的有用。酋长一看到我，便催促我站到人群中央，递给我一大瓢啤酒，示意群众安静。

“任何肉贩皆不得违背多可塔拉的命令，否则将被禁止出入市场贩售肉品。”他宣告。会议结束，问题解决。

不一会儿，肉贩都跑来跟我握手，仿佛跟我是久违的好友。

之后，市集日的不合格率大幅降低，趋近于零。随着时间的流逝，我开始小心翼翼推动另一项内容的改善：公共卫生。

“东西如果掉到地上就洗一洗。把苍蝇赶走，客人才能看出那是块肉。蛆是很营养，但也很不卫生。肥皂使用前要先拆掉外包装才有用。要洗手、洗桌子、洗刀子，然后再洗手。洗、洗、洗!”

成果不彰得令人沮丧，就在心灰意冷之际，我经过格罗弗·卡帕尼的摊位，停下了脚步。他的肉干净地铺在桌上，看不到一只苍蝇。

“太感动了，你是怎么赶走肉上的苍蝇的?”

“你一直说苍蝇会带来疾病，我就找到一个赶走它们的好办法，看好。”他得意地从桌下拿出一罐杀虫剂，喷洒桌面、肉和整个摊位。

“怎么样啊，多可塔拉?”他喜滋滋地说。

“我觉得啊……”我从他手里拿过罐子，研究了一下，大部分是已开发世界禁用的成分，“很聪明，但省点钱，别拿来喷肉，就让苍蝇去吃吧，建议每个客人彻底煮熟就好。好吗?”

“好，多可塔拉。”他的声音里难掩失望。

我摇着头离去，脑海中首先浮出那句 pongono pongono（慢慢来），接着是 pepani（对不起）和 mawa（明天）。

*

PART 3

非洲教我的人生智慧

16　与巫医的哲学思辨：敌人、朋友与快乐

“在松巴监狱那段时间，我努力训练自己成为一个快乐的人。我必须成为囚犯才能寻得真正的自由。天天看着人们终其一生追求快乐却一无所获，只觉可悲。真正的快乐其实就在这里。”姆津巴大夫敲敲胸口，那是心脏所在的位置。

我和姆津巴大夫的友谊随着我造访次数的增多而加深，和他对话开阔了我在威斯康星州建立起的人生哲学观。老天，我要学习的地方还有很多，而他是个明师，温柔地询问、引导我，不知不觉打开我的视野——真是个神奇纯朴的老人。

有一次，我们喝茶聊天时，他像往常一样向我发问——

“多可塔拉，告诉我，你最感谢的是你的朋友，还是敌人？”

“现在一定要谈这个吗？姆津巴大夫，可不可以谈谈天

气就好？”我当时刚在乔洛陡崖村落工作了三天，全身酸痛，疲惫不堪，头也隐隐作痛，只想好好休息，实在不想探讨有深度的哲学问题。

“我们可以谈论天气，但不会因此影响天气，但是你……”

看来他执意要得到答案。

“好。”我打断他的话，“我更感谢我的朋友。”

我的回答是个开端，掀起涵盖同理、怜悯、爱和痛苦的价值讨论。姆津巴大夫巧妙地将讨论导向有力的结论：强化一个人爱与怜悯能力的不是朋友，而是敌人。

我不以为然，姆津巴大夫感觉到我的抗拒。

“把你的想法告诉我。”他要求。

我叹口气，精疲力竭之下冲口而出：“我觉得住在这座山上当圣人很简单，但在现实世界太难了。”

“我同意。”他从椅子上起身，背对我掀起上衣，露出伤痕累累的后背。我的疲劳一扫而光。

“我很抱歉。”我为自己傲慢的发言感到羞愧，“冒昧请问发生了什么事？”

姆津巴大夫凝视夜色，缓缓道来。

在终身总统黑斯廷斯·卡穆祖·班达阁下[1]掌权后不久，

[1] 终身总统黑斯廷斯·卡穆祖·班达阁下（His Excellency Dr Hastings Kamuzu Banda），非洲独立运动领导人之一，著名的独裁者，在掌权后，自封为终身总统。

姆津巴大夫家和邻居陷入土地纠纷，当时，他是声名大噪的大夫，众人眼中黑白通吃的人。他的语气里对这个结果满是悔恨。

那是马拉维的黑暗时期。班达为了统一势力，不分青红皂白铲除异己。姆津巴大夫的邻居举报姆津巴大夫暗中计划对新总统施行黑咒术，就这样，姆津巴大夫遭到逮捕，背部的伤痕充分显示他所受的酷刑。

听到其他人遭受酷刑的哀号，听到他们徒劳无功地恳求赦免，听着一声声痛苦的嚎叫，他难以忍受，心里明白下一个受苦哀号的人就会是他。

在被囚禁于黑暗、饱受凌虐的四天之后，他崩溃了，只要能让他们住手，他什么都愿意招供。他俯首认罪，被判二十年有期徒刑，在松巴监狱服刑。牢房里人满为患，囚犯必须背靠背睡觉；疟疾和痢疾时有所闻，但监狱不提供医疗照顾；所有犯人为脚镣所害，脚踝皮开肉绽；体重从进来的第一天就开始下降，饿肚子是家常便饭。

囚犯们每天早上都要到岩堆报到，整天敲打大岩石，黄昏时回到监狱时总会少一些人。不过，每天都有新囚犯来取代死人。

被逮捕之前，姆津巴大夫活得意气风发。他告诉我，他的自尊创造了他一手掌握的现实，然而那只是假象，他的傲慢导致自己身败名裂。身陷囹圄夺走了他所有的力量、支配感和骄傲，将真正的敌人带到他面前——他的自我。挣脱了自我，他解放了神圣的一面——他的本我。周遭都是眼露鄙视的人，他一有机会就表现出怜悯，用有限的资源照顾需要医治的囚友。

每天早上，姆津巴大夫都会重申自己许下的承诺：他会活下去，等到获释那天，他的天赋将只用来行善，侍奉神明。承诺强化了心灵力量，使他得以撑过饥饿和虐待，尽管绝望，仍在人与环境中寻找良善的一面。

在那个暗无月色的夜晚，姆津巴大夫给了我触及心灵的智慧。自我是爱的敌人，是痛苦与挣扎的来源。自我是内在的敌人，蒙蔽一个人的双眼，使他看不见也察觉不到真正的自己。自我利用傲慢遮蔽了一个人的神圣天性，透过谎言让他或她相信这就是自己，借此监禁所有人，如果不这么做，自尊就会失去掌控，不复存在。

大家都说撒旦是大骗子，那么自我就是站在他右边的恶魔。我常觉得自我才是大骗子，创造了撒旦这个代罪羔羊来转移大家的注意力，撒旦成为众矢之的，而自我持续作为爱的隐形敌人存在着。

“多可塔拉，多年后，你将面临牢狱之灾，那会是极为痛苦的时期，我为你感到心痛。自我的欺骗和背叛将增加你的痛苦，结果如何不得而知，但求你能寻有所获。”说着，他转身来轻拍我的头。

姆津巴大夫的一席话让我心中五味杂陈。我信仰基督，从小到大都是个虔诚的天主教徒，虽然有些改不掉的毛病，但自认为是个还不错的人。但以姆津巴大夫的经验来看，我的心灵显然是停滞不前的。

姆津巴大夫仿佛看穿了我的心思——绝对是。“别太自责，孩子。此时此刻你来到此地是有原因的，离你要去的地方还很远，别害怕，享受每一步。这段旅程没有目标。我已是个老人了，现在仍在旅行。重点是继续动，每天至少跨出一步，你就能发现，每一步都引导你更接近理想中的自己。懂了吗？”

“我想是吧。”我回答。

“很好。现在我想谈谈我的另一个担忧——关于你喜乐的程度。”现在的我愿意追随他到天涯海角。

“我喜乐的程度？”

“是的，我预见到极大的困境。你给我的报纸、杂志和书籍让我相信，你的世界非常擅长隐藏苦难和不满。”

“不好意思，我不太明白。”

姆津巴大夫谈起美国未来将面临极大的困境，忽视饥饿、贫困、无家可归等很糟的事，也无法解决。便利的生活让我们轻易忽略掉所有不便，我们成为环境的主宰，使炎热的地方变得凉爽，寒冷的地方变得温暖，黑暗的地方充满光亮。水电设备改善了不便，最终，我们成了吃不了苦的人。

逃离苦难不等同追求喜乐，经历痛苦才能得到快乐，才能逆来顺受，刻苦耐劳。姆津巴大夫深恐多数美国人遗忘出身。我们的祖先筚路蓝缕，深谙痛苦与磨炼是人生的一部分，如今，我们绕过了所有可能的痛苦。

“恐怕你们的族人已经变得软弱。”他说。

我当下的第一个反应就是反驳，替“我们的族人”和我们的生活方式辩护，想要证明我们并没有变得软弱。此时，我忽然想起祖父母说过的许多故事。他们度过美国史上最黑暗的时期之一——经济大萧条，谈起过去，他们最常挂在嘴边的话就是：“我们很穷，却很快乐。”

这么一想，我愈发觉得姆津巴大夫是对的，但没来得及说出口，他打岔道：“请别觉得我的话冒犯了你。在松巴监狱那段时间，我努力训练自己成为一个快乐的人。我必须成为囚犯才能寻得真正的自由。天天看着人们终其一生追求快乐却一无所获，只觉可悲。真正的快乐其实就在这里。”他敲敲胸口，那是心脏所在的位置。

就像训练一名运动员，姆津巴大夫指导我积极进行自我训练，成为一个更快乐、更能接受磨炼的人。他担忧西方消费主义使我们盲目追求物欲，却忽视内在真正的需求。无止境的索求、不停地比较谁拥有更多，带来的只有不满、嫉妒和不幸。我们必须极力避免踏入这个陷阱，最好的方法就是去看看那些比我们更为不幸的人。俗话说得好：“我因没鞋而哭泣，直到我遇到连脚都没有的人。”清心寡欲，不去想自己缺少或想要的东西。倘若遇到困境，心生不满，我们能做的，就是想想那些处境更为艰难、拥有的更少的人。日复一日地训练，自然知足常乐。在马拉维，要找到更为不幸的人并不难。

和姆津巴大夫交谈后不久，一名敌人给了我强化爱与怜悯的机会。当时杰夫和我正在摘除一只罹患癌症、四公斤重的狗的脾脏，吉尔从角落探头进来。

“抱歉打扰了，雷布医生，但亚提太太坚持要见你。她心情不好，我请她在我的办公室等，但我不知道还能拖住她多久。”

亚提太太心情好时只是一般难伺候，心情不好时则是非常难搞。她和她的丈夫是“奔驰汽车族”[1]，非洲最有力量的部族，势力从开罗延伸到开普敦。“奔驰汽车族”多数是高阶公务人员家庭，总是开着新的奔驰车，一眼就能被认出，他们深信有钱才能生存。

今天，亚提太太心情不好，嗓门大又颐指气使，瞧不起我所有的员工，只要她一出现，大家就闪人。我也好想消失，但一只病入膏肓的狗让我分身乏术。

“谢啦，吉尔。请转告她，手术还要四十分钟，结束之后，我很乐意见她。”

“你当真以为她会等你四十分钟，让你完成手术？”吉尔问道。

---

[1] 奔驰汽车族（Wabenzi），戏称拥有足以显示其显赫地位的奔驰汽车的非洲黑人政要、商人等。

“当然不会。先专心摘掉这颗脾脏吧。”我回答。

杰夫撑住脾脏，我夹住扭曲的血管，接着，一阵旋风从屋外的走廊刮进来。

“雷布医生，我现在就要见你。”声音震耳欲聋。

我一抬头，亚提太太正摇摇摆摆走向我们。她完全符合肥胖的定义，身材高大浑圆，态度也相差不远。

“雷布医生，我要知道，为什么你们办公室不给我运送牛的许可证?”她大声嚷嚷。

我叹口气，往窗外看了看亚提太太闪闪发光的奔驰汽车，西装笔挺的司机戴着司机帽，正用布擦掉亮黑色车身上的红色尘土。一瞬间，我想到用这辆车可以买到的所有动物医疗设备。

“怎样?”亚提太太的咆哮把我拉回现实。

“什么怎样?”

“我的许可证！”她大吼，把一张肥嘟嘟的脸塞到我面前，“我有六十头牛星期一就得送到冷冻厂，我现在就要许可证。如果星期一牛没送到冷冻厂，我就得留下来养，还会被罚钱，并且还要再等三个月才能再预约到冷冻厂。”她的气息会闷死一只秃鹰。

“哦，你好呀，亚提太太，可以的话请你后退一两步，我会很感激你。你的胸部压到这只可怜狗狗的胸口了，它会不能呼吸。”我努力保持平静。

她退开来，我夹住跟患癌脾脏相连的错综复杂的血管，继续说：“亚提太太，我们办公室之所以没有继续给你许可证，原因很简单，你拒绝偿还未清账款三百四十二夸加。只要我们的文书恩科马收到款项，我们就会继续为您服务。日安。”

“真是太过分了。”她尖叫，再次逼近我的手术台，“我老公可是班达总统的内阁大臣。”

“亚提太太，请远离我的手术台。”

她勉为其难退开之后，我说：“谢谢，我非常清楚尊夫管理着重要的政府机构，不过，就算以他的身份，也不能让你得到免费的公家服务。你是营利的私人农场，因此，就像其他营利的私人农场一样，来找兽医就要付费。还有，说到过分，应该是那个开得起全新奔驰车，可以花五百夸加补满该死的油箱却跑来喊穷，不愿付清三百四十二夸加账单的人。日安，夫人。”

她气得面目狰狞，我还以为她会中风死掉，或者更糟，冲过来压倒我。但正当她双手握拳，蓄势待发时，狗狗的血液倏地喷溅到她的脸上，直接射入她张开的眼睛和嘴巴里，她的尖叫声可以撼动一整栋建筑物。

“很抱歉，亚提太太。”杰夫满含歉意地说，“其中一支止血钳松掉了。”

大块头女人以手抹脸，试图清掉眼睛里的血液，同时拼命吐掉口里的血液。

“亚提太太，你得用水冲洗一下嘴巴和眼睛。这只狗有艾滋病，血里都是病毒，动作要快！再拖下去，被感染的概率就更大。屋子旁有用来浇花的水管，快去！”杰夫说。

杰夫和我看着她狼狈地跑到角落，用水管冲刷身体。我们则继续治疗手术台上的病患。

“杰夫，松开止血钳这招很妙，但有点坏。”他微微一笑，我接着说，“而且说狗有艾滋病真的太坏了。杰夫·卑瓦，你这个坏家伙，下班后我要用冰啤酒惩罚你。”

十分钟后，亚提太太回到门口，看起来像只湿答答的肥大老鼠。我心里有些过意不去，赶紧说：“真对不起，亚提太太，卑瓦先生说错了，这只狗没有艾滋病，它得的是脾脏癌，是卑瓦先生搞错了，我已经纠正他了。祝你度过美好的一天。”

“好，你赢了，我付钱。”她大步走进吉尔和汤姆共用的办公室，几分钟后又回来，当着我的面挥舞收据。

“现在可以给我许可证了吗？”她咬牙切齿地说。

“你打算搬多少动物？”我头也不抬地问。

“六十四头。”她说。

“几只母牛？”

“三十七只。”

“相信你也清楚法律，以防万一还是告知你一声，为了增加国家牛的数量，政府禁止宰杀怀孕母牛，我们得先替母牛验孕之后，才能发放许可证。”

“什么？星期一早上就得送到布兰太尔！你什么时候来检查？”

“问题来了，今天是星期五，时间不多，我的行程都排到下星期了，对吧，卑瓦先生？”

“抱歉，我忘了跟你说，我在你的行程表上又多加了一些个体农户的预约，接下来两个星期都是满档。你可能要……呃，到下个月之前，都不可能挤出时间做其他工作。”杰夫回答。

“下个月！”她火冒三丈，双拳紧握。

“真对不起，亚提太太，但无法配合你的行程对乔洛兽医办公室来说不构成紧急状况。我相信你一定能谅解，要是我们取消其中一名个体农户客人的预约，转让给政府高官的老婆，一定会有人觉得不公平，终身总统卡穆祖·班达恐怕不乐见这种情况。卑瓦先生，你说呢？”

“总统阁下曾多次在公开场合呼吁，政府官员是服务人民的，而不是被人民服务。公务人员必须表现出最高道德标准。”杰夫回答。

“说得好，杰夫。”我转向亚提太太，“身为重要阁员的妻子，你一定会希望我们遵守总统的命令，日安。”

我回头专心进行就快结束的手术。跟亚提太太交手就像要拉起一只两吨重的旗鱼，她打死不退。

“我该怎么做才好？”她谦卑温驯的语气简直前所未有。

“能请你再说一遍吗？”我直视她的眼睛，惊讶地说。

“若是你能在不违反任何道德标准的前提下帮帮我，我会非常感激。”她温柔万分地说。

“让我来看看可以怎么做。卑瓦先生，接下来由你来缝合好吗？”

我清洗完双手，领着亚提太太进入吉尔和汤姆的办公室。我来到汤姆的桌子后方，拿起一大本分类账簿仔细翻阅，上面列着前草县个体农户的名单，以及他们缴纳给政府的用来在前草药浴池给动物消毒的费用。我自己其实没有预约簿，只是做个样子。

“让我看看。”我一页页翻着“预约本”，“我的时间都满了，不过，算帮你个忙，星期日下午可以拨出时间帮你的牛验孕，到时再一起给你许可证。两点好吗？”

“两点可以。”她笑盈盈地说。我还是第一次看见她的笑容。

“在那之前，我需要看到你的真诚。”

“真诚？”她迟疑地问，笑容逐渐消失。

“我要预收五十夸加，作为未来医疗服务的费用。”

“五十夸加！”她圆睁着眼大叫，咬紧牙关，双手握拳。原本的她回来了。

“抱歉，我搞错了，是两百夸加。”

“两百夸加！”她尖叫。

“对不起，我原本是要说我接下来三个星期都有约了！”我大吼，重重阖上账簿，递还给汤姆，“不好意思，我得去查看一下卑瓦先生的手术进度。”

“等一下，请你等一下。”她高举双手，“为了表示诚意，我会交两百夸加，记在我的账上。这样你可以来了吧？”她从一沓有我拳头般大小的钞票里数出十张皱巴巴的二十夸加钞，交给汤姆。

“我还有一个要求。”

“什么要求?”她哑声问道。

“我不想浪费我们少量的汽油配额去你的农场，所以你得来接我和卑瓦先生，让我们乘坐你的奔驰汽车。等卑瓦先生和我结束工作，回程时让我们在纳里餐厅下车。”

“想都别想!”她气呼呼地说。

“叫你的司机一点来这里接我们。”

“做你的大头梦！我要跟你的主管投诉，把你赶出这个国家。我不会这样就算了，听懂了吗？你这个混蛋！”她对着我挥舞拳头。

“我完全明白，同样的，我不会发许可证给你，也不会替你的牛验孕。电话就在那里，你最好现在就通知冷冻厂，让他们知道星期一不会有牛送过去。之后，吉尔可以帮你联络我的主管，前提是你能找得到他，他经常外出。这里有贴好邮票的信封。”我塞了一个到她手上，“用来付你的牛没送到的违约金吧，我很乐意帮你出邮资。现在请容我先行告退，我这个混蛋得先去查看卑瓦先生的手术进度了。至于你，亚提太太——”我挤过她身旁，“走吧，别气了。”

杰夫已经完成手术，正一边清理手术用具，一边观察即将从麻醉中苏醒的狗。

“做得好，杰夫。”我检视完缝合状况和狗狗的生命体征后说，“它快醒了，先调低点滴流速吧。”

“我接受你的条件，雷布医生。”亚提太太在我后头说，“我的司机星期日一点会来接你和卑瓦先生，可以吗?”

我转身，彬彬有礼地微笑：“好极了，为您服务是我的荣幸，路上小心。”

杰夫和我从手术室窗户看着亚提太太摇摇摆摆走向她的车，挤上后座。司机替她关上门，返回前座，车子扬长而去。

“我们不会真的要帮她吧?”杰夫问道。

“我会。已经说好坐她的奔驰车去，工作结束后，车会载我们到纳里餐厅，回家前可以享用一顿辣味烤鸡。如果你来帮忙，我会买单，如果你不来，我就自己解决。怎样?”

“纳里先生的烤鸡！我这个人很好相处的，算我一份。”

“好极了。”

“所以你从她那里拿到两百夸加，和一趟奔驰车之旅。如果是我就直接拒绝她，让她再多养三个月的牛，另外再付冷冻厂的违约金，这比两百夸加和坐她的奔驰车来得贵多了。”杰夫嗤之以鼻。

“我也想啊，但我们得感谢我们的敌人。”

我跟杰夫分享与姆津巴大夫的对谈。听完后，杰夫问：“那么这次谁是敌人？是亚提太太，还是勒索她的你?”

“问得好。我们两个都是敌人，彼此都有机会利用对方来成长，但我搞砸了。至于亚提太太……”我笑了出来，“姆津巴大夫可能不喜欢我这样，但做她的敌人挺有趣的。”

17　转角不会遇到爱，只会撞到猪

我马力全开，全速奔驰，感觉棒极了。可惜福无双至，祸不单行，我压车骑入一个费力的左转弯，时速勉强维持在七十公里，眼睛紧盯着路面，寻找拉直车身同时催油门的时机，这时——有猪！紧急状况！救命！路上有猪！

在马拉维，骑摩托车会遇到接二连三的挑战。

第一个挑战是路况。大部分的时候，我必须骑在次要道路或泥巴小路上。天气干燥时，我一个小时可以奔驰八十公里，但遇到雨季，路变得泥泞湿滑，我就得推着车子走。

第二个挑战是穿梭的人潮。不像电影里一望无际的辽阔非洲，这一带的路上时时刻刻都有人。即使路上没人，也会冒出鸡、羊、牛，偶尔还有猪，更刺激的是还会遇到野生动物。所有动物之中，遇到猪是最糟糕的，因为猪一动也不动，是个会呼吸、有体温的路障。

我很快就了解到，如果不遵守四腿动物的停车标志，直接撞上猪的话，只会落得两败俱伤。

除去这些挑战，我的旅程还算平顺，只有一次例外——在姆兰杰县施打狂犬疫苗。这是一项史无前例的任务：范围太大，狗太多，人力物力都有限，不过我们还是做了。

天气好得不能再好，晴朗干爽，阳光灿烂，视野良好。路况在最佳状态，七个小时之内，我顺利抵达六座村庄，帮一百六十七只狗施打了疫苗。

我只剩下最后三剂疫苗。卡布库教会医院就在附近，戴夫·伊华班尼医生亲切地腾出办公室帮我保管疫苗、药品和动物医疗设备，如果我到这一带工作，缺少任何东西都可以来这里补充。今天施打疫苗反响极好，也导致进度延误，而我任务在身，接下来还有两座村庄等着呢，所以为了赶时间，我改走姆兰杰森林保护区里的便道。

这条路人迹罕至，有别于其他的路，没有人使用，路况非常好。我马力全开，全速奔驰，感觉棒极了。纵情斜骑在蜿蜒缓升的山路上，我的情绪沸腾到最高点，驰骋如飞。可惜福无双至，祸不单行，我压车骑入一个费力的左转弯，时速勉强维持在七十公里，眼睛紧盯着路面，寻找拉直车身同时催油门的时机，这时——有猪！紧急状况！救命！路上有猪！路障猪不屑地扭动鼻子，来不及了，就快撞上了！

果不其然，猪纹丝不动，完全无视几秒后就要发生的惨剧。我无暇思考，左手拉离合器手柄，右脚踩后刹，车身开始倾滑；我的右手压住前刹，左脚擦撞路面，连人带车往猪的方向打滑而去。

我的视线锁住那头猪，只见它摇头晃脑，仿佛在问："你在干吗？"

我似乎看到它的脑袋在运转，然而看它困惑的表情就知道，它脑袋的转速还没有快到能理解现在的状况。

但我的脑袋可是狂速运转：飞吧，一定得飞过去，笨蛋！

"我们闪不过去，要重伤了！"我的脑袋警告我的身体。

它是对的！车子一侧撞上猪翻了过去，我被飞抛出去。印象中，我迎面撞上地面，脸和右肩被重击，鼻子里充斥着泥巴和血液的味道。

右肩难以言状的痛，我保持呼吸短促，让身体不至于动作太大，同时平躺在地，尽可能不轻举妄动。我绝对不止一处骨折了。

几分钟后，身体的防御机制启动，剧痛和缓到勉强可以忍受的地步，可以动了。我深吸一口气，爬起身跪坐在地，抓住右臂极力不去动它。

我痛得头昏眼花，等到眼前恢复清明，我看见我的摩托车和路障猪。猪若无其事地绕着摩托车东闻西嗅，接着转头看了我一眼，呼噜了几声，仿佛在说："孩子，得到教训了吧。"然后踱着步钻进草丛里。

幸好车子只有些小损伤。我站起身，要一手扶起车子并不容易，但总算是坐上去，发动了车子。到卡布库教会医院剩下的路程，跟撞到猪之前相比，既不快也不乐。

我在医院第一个碰到的人是艾琳修女，从她的表情看来，我的模样肯定不是太好。她直接把我带到戴夫医生的办公室，扶我坐下，嘱咐我不要乱动。我从来不是个听话的人，她一走开，我马上来到走廊另一侧的厕所，检视镜中的自己：眼睛肿到快睁不开，鼻子歪到左边，下唇比原来大了三倍，满脸的泥巴和血迹；右手臂同样沾满泥巴，血迹斑斑，垂得比左手低；破破烂烂的左边裤脚下露出被路面擦伤的脚。

我听见厕所门开的声音，镜子里，戴夫医生的脸出现在我的背后。

"难怪艾琳修女吓坏了，兄弟，你看起来真是糟透了。发生了什么事？"

"我在骑摩托车高速行进时撞到一头猪。"

"猪怎样了？"

"很遗憾，毫发无伤。"

"跟我过来，我得替你治疗一下。"

戴夫医生把我交给三名护理师，护理师们将我清理干净，给我的伤口敷上药，照了几张X光片，又把我送回戴夫医生的办公室。他已经看过我的片子了。

"从片子来看，你撞断鼻子了，而且这不是第一次甚至第二次了。好消息是，你的肩膀只是脱臼，没有骨折。胸腔很干净，肋骨看起来没问题。”

“接下来要怎么做?”

“不会太复杂，只是要让你恢复成原来的模样。咬住这个。”说着，他把压舌板塞进我嘴里。

我用安然无恙的手取出压舌板问:“为什么?”

“咬就对了。”他一边嘱咐，一边从我手中取走板子重新塞回我嘴里。

我旋即又拿了出来:“不好意思，好歹让我知道你的疗法，做点心理准备吧，医生。”

“很简单，接下来你放松右臂，我要把你的手接回原来的地方。有问题吗?”

“有一点，既然你问了，那我就说了。就我的专业来看，在进行非常痛苦的疗程前，我们通常会先麻醉病患，这叫人道医疗。”

“不同专业，方法不同。这种治疗我已经做过很多次，我保证很简单，快速又几乎无痛。大方点，闭上嘴，放松手臂，乖乖咬住压舌板。”

我忐忑不安地盯着他站到我身后。

“我数到三就动手，闭上眼睛，放轻松。”

啪的一声!

我尖叫着跪倒在地，压舌板被我咬断成三截，我抬头吐出碎片，不停咳嗽，还以为事情不会更糟了，结果戴夫医生又一把抓住我的鼻子往右一推。我至今还是认为他矫枉过正了！

我紧握双拳站了起来。

“不是说要数到三。”我气呼呼地说。

“你太紧张，会害我接不好你的肩膀。那只是一点小手段，为了转移你的注意力。”他沉着冷静地说。

“就算本来不需要止痛剂，现在也得来一颗了。我要怎么才能拿到手？”

“抱歉，目前短缺中。我们医院的卡车在布兰太尔抛锚了，在修好之前，药物不足——这里是非洲。你也是行医之人，应该知道脱臼的手愈快接回去愈好，拖得愈久，肌肉收缩强度愈大，治疗起来就愈困难。算你好运！”

“好运个屁！”

“你每次受伤时，你爸常说的那句话是？”

“要当个笨蛋，最好强壮一点。”

“就是那句。要是他看到你现在这个样子，又要碎碎念了。先来看看你的手臂和肩膀，我还要再调整一下，放轻松，告诉我会不会比现在更痛。”

在戴夫医生转动我抽痛的肩膀时，我想起老爸，眼前浮现出他双臂交叉，正准备吐出蕴含智慧的古老谚语的形象。突地，老爸那些陈腔滥调一句接一句冒出来。我好爱他，也好想他，我亏欠他太多了，但如果要我在他后半辈子承欢膝下，我还是做不到。

“你在笑什么？”戴夫医生问道。

“我只是想起我爸。”我笑说，“挺有用的。”

18　疟疾啊疟疾，让我差点归西

“我好像是被一头牛拉出来的屎，我应该是得了疟疾。”我浑身打战，抵挡不住的寒意又回来了，“可以帮我做个血液涂片检查吗?”

“多可塔拉，你自己来看看这个坏家伙吧。”

我透过显微镜看到那个小小的寄生虫敌人。我瞪着它，几乎可以感觉到它也在回瞪我、嘲笑我。

只要是在南部或中部非洲生活过的人，无论时间长短，几乎都会染上疟疾，只是迟早的问题。

虽然预防药吃了，防蚊液也用了，但疟疾就像非洲本身一样钻进我的血液里。

某个星期二的晚上，我正在家里的客厅看书，双手突然发抖，接着蔓延到全身，我犹如狂风暴雨里的小树苗抖瑟不止，书也从手中滑落。门外是舒适的二十五度，我却有种被人赤身裸体扔到雪地里的感觉，就算用上所有的毯子包裹住自己，也还是一点都温暖不起来。我立刻怀疑是疟疾，吞了药，仿佛过了一个小时，寒意才消退，打战停止。我精疲力竭，像个橡皮人。

我上了床，打算明早第一个到医院挂号确诊，现在得趁发烧之前先睡一下。我中途醒来，发现自己满身大汗，不久前还冷到束手无策，现在却如火在烧。我费力爬向浴室，全身关节和肌肉都在痛，冷水澡让我舒服了，但体内仍旧灼热。

隔天早上，乔洛医院的总化验师约翰·班达发现我瘫软在他的门阶上。

“多可塔拉，你看起来很不好，没事吧？”

“我好像是被一头牛拉出来的屎，我应该是得了疟疾。”我浑身打战，抵挡不住的寒意又回来了，“可以帮我做个血液涂片检查吗？”

约翰只花了几分钟就诊断出来了。

“多可塔拉，你自己来看看这个坏家伙吧。”

我透过显微镜看到那个小小的寄生虫敌人。我瞪着它，几乎可以感觉到它也在回瞪我、嘲笑我。

“真对不起，多可塔拉，但我们现在没有药可以治疗你，至少还要等五个星期才能拿到配给。”

“别担心，约翰，我已经吃过和平工作团之前发给我的药了。这是我有的药。”我从口袋里拿出药。

约翰确定我服用了正确的药物和剂量，要我回家继续服药、休息、大量喝水，到周末应该就会好多了。我遵照约翰的指示，但病情不见好转。每一阵寒战之后就是高烧，一次比一次严重，我每天醒来都希望能恢复力气，但总是倍感虚弱。

我尽可能不让自己脱水，特别注意喝茶、开水和电解质补充液，但光是走到厨房就累坏我了，还得用残存的力气走回床上。

两天后，我终于注意到变化，吓坏了。

我上完厕所，发现尿液是咖啡色的。很久以前，疟疾被人叫作“黑水热”，因为疟原虫会破坏宿主的红细胞，导致代谢功能落到肝脏上，情况严重的话，肝脏负荷不了，无法代谢掉供骨髓制造新红细胞的血红素，这时血红素就得另觅管道离开人体，那就是肾脏。接下重担的肾脏会透过尿液排泄掉血红素，但得付出极高的代价：肾衰竭。“黑水热”对两脚动物来说是致命的，就算疟疾引发的恶性贫血没夺去病患的命，肾脏一旦受损也没救了。

我洗完手，转身要拿毛巾，却瘫倒在浴室地板上。我全身滚烫，脸颊贴在冰凉的水泥地上，挺舒服的。印象中，我当时想着得去杰夫家，得去医院，但冰凉的地板实在太舒服了，以至于我闭上眼睛，进入了梦乡。

梦中，我在一个平静祥和、言语难以形容的空间，不是任何地方，而是一种感觉，无忧无虑，心平气和，前所未有的舒适。把一个人曾感受过的快乐增加一百倍，也无法准确描述出我的兴奋。

有许多声音，就像许多人同时挤在一个房间里说话，内容难以分辨，偶尔听清楚了，才知道那些声音是在谈论一名生机勃勃的战士正面临一场重要的战役。

离开那个空间后，我来到乔洛山脚下坎戈小径的入口。声音融为一体，强而有力地要求我攀登上去。我沿着小径往山顶走，每当脚步踉跄倒下，声音就会传来，不断催促鼓励我往上爬，直到我终于抵达巅峰。

山顶上，有头年轻的公狮正等着我，那个声音要我杀了狮子。怎么杀？它扑向我，我虽然不知所措，却还是杀掉了它，自己也落得伤痕累累，血流不止。大地不着痕迹地吸收了我的血，同时也吞没掉狮子的尸体。

我回到先前的空间，许多声音安慰我，我的内心恢复平静，偶尔才听得清楚那些声音说的话。这次，他们谈论的是一名生机勃勃的战士，以及他如何杀死一头狮子。印象中，声音警告我，狮子受骗了，其他狮子会跟进。我不怕，只有满心的欢喜。

再一次，我回到乔洛山脚，毫发无伤，被狮子攻击的伤口都消失了。唯一不同的是，我变得比先前更加虚弱消瘦。

声音再次融为一体，怂恿我向上攀登，我照做了，但不如第一次那样快。山顶上同样有一头公狮，但更为庞大、年长和强壮。那声音要我杀了它，我没有丝毫犹豫，因为不是你死，就是我亡。搏斗时间拉长了，我的伤势也更为严重，血流如注，再次全数被大地吸收，面前的狮子尸体也被吞没了。

狮子没入地下后，我回到被声音包围的空间。之后，我一再来到乔洛山脚，攀登山顶，杀了另外两头狮子，一头比一头高大强壮，第四头狮子几乎超出我的能力范围。杀掉它后，我倒卧在它身上，不断恳求大地这是最后一头狮子。大地吸收掉狮子和我的血，我又回到那个空间。

第五次来到乔洛山脚，那个声音一如既往催促我。我举步维艰，几度想放弃，但在声音的怂恿下，我勉强逼着自己前进。终于登顶之后，我的眼前出现一头超乎想象的可怕狮子。其他狮子没有名字，但我知道这头狮子的名字：死亡。

那个声音发出嘶吼，我冲向狮子，但难以与之匹敌，既伤不了它一根寒毛，也拖不慢它的动作，它有力的爪子只要一挥，我就会像个布娃娃般被打飞出去。它乐在其中，讥讽我挑战它，每当我拿出残余的力气攻击它时，只落得再度被打飞出去的下场。

我的血和生命一点一滴缓慢流失，我想动，却动弹不得，只能眼睁睁看着狮子有如死神般走向我，抬起有力的脚爪来结束我的生命。

就在这时，跳跳和笨笨出现了。它们无所畏惧地迎战，尽管动作迅速，却仍不敌狮子，一次次被打飞出去，滚落在地，痛苦哀号，然后再次起身浴血奋战。它们锲而不舍地扑向狮子，却一再被痛殴。我不能坐视不管。

我怒火中烧，心跳急促，怒气强化肌肉，给了我力量。我扑向狮子，情势逆转，现在狮子不是我的对手了。我抓起狮子一次次往地上甩，下手毫不留情，居高临下将它压制在地，抡起拳头，一拳又一拳地痛打它。如果不是大地将它吞没，我会继续打下去。

我转身寻找小狗，但小狗不见了。我精疲力竭躺在地上，闭上眼睛，我没有回到那个空间，而是处于一片黑暗中。众多慰藉的声音被两个女人的歌声取代，她们歌颂着离乡背井的战士，呼唤他返乡。

等我睁开眼睛时，我不在浴室地板上，而是躺在自己的床上，露丝正拿冰毛巾拍打我的脸，擦拭我的手臂和胸膛，南希则拿另一条冰毛巾擦拭我的腿。我全身覆盖着湿毛巾。两人轻柔吟唱耳熟的美妙旋律，我逐渐恢复意识，环顾四周，只见姆津巴大夫坐在角落，似乎陷入了冥思。

我扫视房间，似乎没人发现我醒了。我闭上眼睛再睁开，四下张望，露丝正在擦拭我的额头和脸庞，我直勾勾地盯着她的脸看，她不为所动。“露丝，可以给我瓶冰啤酒吗?”我气若游丝，但她听见了，身体一僵，直视我的眼睛。我强颜欢笑，重申:“要怎样才能喝到冰啤酒?”

她双手捧住我的脸颊，宛如母亲抱着小宝宝:“噢，多可塔拉，你回来了！”

“多可塔拉，你真的回来了吗？”南希也盯着我的眼睛，“真的耶，真的，我看到你了，多可塔拉。你的灵魂回到身体了，我可以在你的眼中看到你的灵魂。”

“后退点，女人们，给这个男人一点空间呼吸！”姆津巴大夫拉开两人，紧接着确认我真的苏醒过来了。

“欢迎回来，孩子。”他拉来一张椅子坐下，“说说你的旅程。你去到哪儿了？”

“我只记得我在星期日昏倒了，但不记得何时又回到了我的床上。你怎么来了，姆津巴大夫？”

“上个星期日早上，跳跳和笨笨在我家前面走来走去，偶尔停下来望着乔洛县的方向。我问小狗你是不是有麻烦了，它们不约而同地吠叫，我一叫它们跑，它们立刻拔腿冲向乔洛县。”

姆津巴大夫接着说：“我直接前往卑瓦先生家，找他一起来看看。你家门窗紧闭，看起来没事，但怎么叫都没人回应。卑瓦先生看到了某样东西，立刻跑去你的办公室拿房子的备用钥匙。”

“他看到了什么？”我问道。

“他看见笨笨和跳跳在房子里。他拿了钥匙回来开门，我们发现你倒在地上不省人事。卑瓦先生和我把你抬到床上，露丝和南希一听到你病了，就过来照顾你，从星期日一直待到现在。说说看吧，多可塔拉，你去了什么地方？”

姆津巴大夫认真地问。

我一点一滴努力回想自己在浴室昏倒之后的梦境，并一五一十地将其描述出来。语毕，我问："这个梦有什么意义吗?"

他欲言又止，紧抓着我的手拍了拍，抚摸我的眉毛，满布风霜的脸庞流下眼泪。他双手发抖，嘴唇也在颤抖。

"老天，了不起!"他惊呼，起身在屋内来回踱步，喃喃自语，过了好一会儿才恢复冷静。

"这五天来，我们看着你一步步走向灵界。"他紧握我的手，"我用了最强效的药，如我所料，收效甚微。你对抗的敌人不只是疟疾。在你生病之前，我预见你会经历考验，你的身心灵必得面临极大挑战，使你得以坚强接受未来的任务。我打从内心知道，这场病是一项考验。我说服卑瓦先生，由我来治疗和照顾你。"

姆津巴大夫停顿片刻，走到窗前凝望乔洛山脉，又回到床边："帮助你的声音来自你的祖先，他们存在的理由是你，以及你此生必须完成的目标。他们知道现在不是你前往彼界的时候。每头狮子代表你生病的每一天，每一场试炼都在净化、强化你的意志。"

"今天早上，我看到乔洛山脉微露曙光，心想这是你的最后一天。你太虚弱了，我只能祈祷你的灵魂能安然无恙地回来。"

接着他提起小狗："跳跳和笨笨不肯离开你，常常舔你的手和脸，看看你回来了没。小狗们焦躁不安，常常跑出去盯着乔洛山脉，再跑回来舔你的脸，也许是知道你的灵魂回不来了，它们今天一早就跑到山里，下午三四点才回来，倒在花园旁。我们把它们带进屋内，它们在隔壁房间休息。你等等。”

我看着姆津巴大夫走出去，带回跳跳和笨笨。两只狗狗的动作僵硬缓慢，仿佛正承受着极大的痛苦。它们一碰到我便低声呜咽，轻舔我的脸，我用虚弱的身体使劲抱住它们。

“上天派它们去接你回来，多可塔拉。”姆津巴大夫笑着说。

“我知道。”我更加用力地抱住它们，“我知道！”

19　见证非洲成年礼，你得先证明自己是个男人

见证一个男孩的成年礼是无上的光荣，同时也是沉重的责任。为此，我必须学习神圣的仪式、传统和惯例。保守来说，这些细节从不轻易外泄。

而我，是他们口中的“白人”。村长、酋长和其他见证人可能不会喜欢一个白人知道秘密仪式。

我正埋头准备另一份月报时，杰夫探头进来说：“本·卡翁达来了，他想和你谈谈。”

本·卡翁达是我定期造访的酪农之一，算是酪农里头最开明也最好胜的。担任和平工作团义工期间，我很早就领悟到一件事：如果我想带来长久的改变，就需要几个能接受改变并身体力行的核心人物，成功之后，他们的朋友和

邻居就会起而仿效。本就是这样的人。他饲养了十二头牛，这在澳洲或美国酪农的眼里或许少得可笑，但在马拉维可是很大一群，大部分的酪农只饲养一到三头牛。

我喜欢和本一起工作，在我们建立起友谊的过程中，我得知他来自莫桑比克，为了躲避内战，十多岁就离乡背井到马拉维寻找工作。他先是在乔洛茶园工作，接着找到了挚爱，就和老婆一家人一起定居在莫内克拉村。我递给他一杯茶，他在我对面坐下："多可塔拉，有件事想请你帮忙，是为了我儿子伊桑。伊桑到了参加成年礼的年纪，我希望成年礼是在我出生的金吉立（Chinziri）附近的村庄举办，而我想请你当他的见证人。"

见证一个男孩的成年礼是无上的光荣，同时也是沉重的责任。为此，我必须学习神圣的仪式、传统和惯例。保守来说，这些细节从不轻易外泄。

"我很荣幸，但是本，我是白人，村长、酋长和其他见证人可能不会喜欢一个白人知道秘密仪式。"

"我已经跟村长和酋长谈过了，你可能会很惊讶，没人反对。事实上，很多人认为你会是个绝佳的见证人。"

看到我很兴奋，他接着说："这可不是件轻松的差事，如果你接受了，就得学习歌曲、教义、男人间的暗号和精神传统。离成年礼只有八个星期了。"

本接着说："我们村里一位智者卢克·姆瓦莱同意教导你，但你每个晚上至少得空出两个小时，星期天则是四个小时。仪式会进行整整五天。我们明白你工作繁忙，可能无法履约，所以请你仔细考虑，万一临时有事无法全程参与，伊桑就得再等一年，通过下次成年礼才会被视为男人。”

我根本不需要考虑。“本，你可以相信我。”我说。

“伊桑一定会很开心。”他笑逐颜开，“今晚就开始训练你。另外还有一件重要的事。”

“什么事？”我问道。

“所有见证人都必须先经过净化，一如你刚来到这世间般，把自己毫无保留地呈现出来。同时，还要证明你是个男人。”

看到我面露困惑，他倾身向前，压低声音道：“你得脱个精光，而且一定要割过包皮才会被认为是个男人。你割过吧？”他一脸担忧。

“是的。”我回答。

他微笑：“那就好。其他人一定很想听听你在成年礼上割包皮的经过。”

当晚卢克开始训练我，要学的东西太多，但都很迷人。我学会了歌曲和冥想、为播种和收获祈祷、占星和气象预测、生老病死和结婚仪式。卢克教给我药用植物、月亮周期、四季更迭的知识。成年礼的时间到了，我自认已做好万全准备。

现在我的责任就是把所学的一切传授给伊桑，这是成败的关键，只要一个环节出错就丢脸了，大家会说这是白人的错。

我的请假获准，工作由杰夫接手。我们在姆兰杰县金吉立往东六公里处的“男人帐篷”集合，放眼望去，那里是一片荒野，因为太靠近马拉维和莫桑比克的边界，我几乎要以为自己就在莫桑比克。

第一天都在整理帐篷，准备迎接第二天来参加成年礼的人。首先，我们得经过净化，用亲手制作的染料在赤裸的身体上绘上代表精神和祖传的符号，目的在于阻挡前来骚扰成年礼的邪灵。红色是我最喜欢的颜色，我在脸上、身上和腿上涂满自制的鲜红色染料。因为没有祖传符号，我在胸前画上一个大大的黑色十字架，男人们靠近我，说我身上的红色颜料、十字架和蓝色眼睛看起来很吓人。

画完后，我们围绕着正中央的营火，一边吟诵祈祷以获得心灵的引导、力量和庇佑，一边比划着复杂的动作。随着不断加快的音乐节奏，我们疯狂地下倾、旋转、转身、跳跃，吟诵声逐渐响亮，最后我们都在大吼大叫，在最激烈的那一刻，大家顿时停止动作，一记强而有力的蹬脚撼动了大地。这是荣耀且极具力量的一刻。

净化结束，我们梳洗换装，围在营火旁享用晚餐。我因为洗不掉身上的染料，一身火红地坐在火边，赢得不少赞美。就跟世界各地的男人一样，我们聊起天气、作物、牛和家人，一切顺利，直到泰勒·恩科马指着我说：“这个白人是红的，不能留在这儿。”

泰勒就是在市场上威胁要杀了我的肉贩，同时也是个卑劣的酒鬼，他可怜的妻儿经常遭受虐打。我不该意外他会找碴。

卢克跳出来护卫我：“什么叫不能留在这里？多可塔拉经过我们的训练，净化表现比你还好，我相信他比你还知道怎么当一个男人，他当然有资格留下！”

泰勒没有退让：“这是男人的火，他没有小孩，应该去坐在小男生的火边。他不是男人！”他眯起那对猪眼。

他一针见血。根据马拉维的部落文化，以及大部分非洲国家的文化，男性有了孩子、成为父亲才算个男人，女性生了小孩才算女人。他的指控让在场所有男人百口莫辩，大家都忽略了这个重要的细节。

我进退两难。只有男人才能见证男孩的成年礼，如果我不够格就得离开，伊桑会失去见证人，必须再等一年才能参加成年礼，那就太令人难过了。我望向围坐在火堆旁的男人，绝望清楚地写在他们脸上。泰勒则是一脸幸灾乐祸——他成功地羞辱了我，正在享受这一刻。

我一生当中面临过许多抉择，丢脸的是，在正确的决定和简单的决定之间，我通常没有勇气做出正确的决定。

“我有资格坐在这火旁，因为我是货真价实的男人。我有孩子。”我故作随意地说。

双方的脸色迅速变换：泰勒脸色一沉，其他人则神情为之一亮。

我才刚在神、圣灵和其他见证人面前净化自身，誓言要跟大家坦诚以对，现在却说谎了。我说谎是因为担心伊桑，还是为了报复？很有可能是后者，这感觉真糟。

“如果是真的，你的孩子在哪儿？”泰勒问道。

我伸手探入后口袋拿出钱包，抽出三个孩子的照片：“在这里。”我交给旁边的男人，请他看过后传递出去。我单身，当然没有小孩，照片是钱包里附带的，厂商通常会放这种照片来增加卖相，我买回钱包后忙到没时间丢掉。

泰勒紧咬着不放，再次朝我放箭——“你的孩子现在在哪儿？”他语带轻佻地问。

在非洲南部，男人离乡背井，长期在金矿银矿里工作，这类的事时有所闻，火堆旁的男人都知道并不罕见。我大可以说孩子跟母亲一起在美国等我回去，所有人都会信以为真，但我只是手心向下伸出右手，简短地比了三个高度，再缓缓缩手。

现场鸦雀无声。马拉维是婴儿死亡率最高的国家之一，火旁的男人都有过切身之痛，气氛变得哀凄。照片正面朝下地回到我手中。

受人景仰的村长面向泰勒率先开口：“我们都知道你跟多可塔拉在市场起过冲突，那些冲突原本就该留在市场，你却偏偏选择在这里找多可塔拉的碴，给大家带来麻烦。我是来见证孙子的成年礼，你要我怎么告诉他——小子，此地圣灵动怒，要等到明年？还是照样进行成年礼，一辈子恶灵缠身？没有资格坐在这火旁的人是你，不是男人的人是你，你的想法就像个小男孩。”他往地上啐了口痰。

另一位见证人站起身：“我是我外甥的见证人，我没办法装作若无其事，这样不公平也不正确。眼见伙伴受辱还坐在这里，我很羞愧。干脆让他们一年后再来变成男人，也好过现在变成男人痛苦一辈子。”

我的谎言使得原本尴尬的气氛变得更加低迷。原本是伊桑一人的成年礼危机，因为我的不诚实，所有人的成年礼都面临危机。我得立刻扭转这个局面才行。

“大家听我说。”我打岔，“我们聚集在这里，是为了带领一群男孩成为男人。我们都经历过割礼，知道这是男孩人生里重要的事情。火旁的谈话并没有冒犯我或是我家人的灵魂。我很荣幸来到这里，让我们齐心协力，尽我们所能，为了明天加入我们的年轻男孩，我们要团结！”我高举右拳呐喊。

“团结！”男人们附和，高举拳头。

“团结！”我再次呼喊，双拳朝天。

“团结！”男人们附和，跳起身，高举双手。

当晚，等到所有人就寝之后，我开始收拾行李。

“你要走了吗？”卢克问道。

“可能吧，不一定。”我把东西塞进背包。

“为什么？”

“我冒犯了圣灵，没资格留在这里。我要用你教我的方式去联络他们，请求他们原谅，并允许我继续进行仪式。我明早就会回来，到时再看是留下还是道别。让你、本和伊桑失望了，对不起，卢克。”

我离开时，卢克给了我一大块树根，要我慢慢咀嚼，按照他的教导冥想，如此一来，树根会帮我联结圣灵。我走了将近三十分钟，找到一个隐蔽的地方，坐下来闭上眼睛，咀嚼树根。

等我睁开眼已是早上，但视野模糊不清。前方有只像大灰狼那样大的蝎子卷起尾巴，蓄势待发，土狼从我的胸口走出迎战蝎子，蝎子刺了数次之后杀了它。土狼的尸体灰飞烟灭，蝎子走进我的胸口，我独坐原地，眼前变得清晰。我得到宽恕了。

回帐篷途中，我遇到外出捡柴的卢克。

“看样子你联络上圣灵了，他们允许你继续进行。”

“你怎么知道？”我问道。

“看你的脸就知道，不红了。欢迎回来。”

我掀开衣服，红色染料消失得一干二净，我还以为要一个星期才会褪掉呢。

伊桑和其他参加成年礼的人都提早抵达，可想而知，伊桑看到我非常开心。前三天一转眼就过去了。我们所有人——男孩们和各自的见证人，每早齐聚上课，一直到中午用当天的第一餐时才结束。吃完饭后，我们再分成小组行动，三个男孩和见证人共六人一组，进行两到三小时的课程。

白天最后两个小时是男孩与见证人一对一的时间，男孩可以在这段时间尽情提问，与见证人天南地北地讨论。由于见证人都不是最亲近的家人，男孩可以无拘无束地问任何问题。伊桑问了许多实际而发人深省的问题，有几个问题甚至让我脸红。他很明显是个好奇心旺盛的学生。

第三天接近尾声时，我发现我们已经谈完所有预定的内容，但还剩下两天。我正在想接下来的第四和第五天该做些什么，答案当晚就出现了。

晚餐前，卢克来找我，说："关于成年礼，有件事我还没告诉你。这件事可能会伤了彼此的感情——明天，所有男孩和见证人必须接受男人的测试。"

"不会是要我们赤手空拳去杀狮子吧？"

"当然不会，没有那种事。"他大笑，"我们得跑。"

"你是指赛跑？"

"对，像赛跑，但不是赛跑。我们要跑到山那边。"

"你该不会是在说姆兰杰山吧？"我惊恐地问。

"是的，我们得在库兰比溪里净身。"

"疯了吗？这里离库兰比溪有四十公里，我没办法跑四十公里，会死的！"

"没关系，我跑过好几次，我相信你一定会活下去。今晚的玉米糕能吃多少就吃多少，多喝点水。早点睡，我会来叫你起床，得趁天亮前、天气凉爽时出发。我有个计划，我们四个会没事的。"

果然隔天一大早，卢克就来叫醒我。他的计划就是要我们先冲刺，接着走路，然后慢跑，反复这个过程，直到身体超越疲累的极限，适应轻快的跑步。我们就这样跑了好几个小时，不知道跑了多远，也不知道终点到了没。

终于看到溪流了。我们不是第一名，也绝不是最后一名。我来过这条河许多次，每次都会在此停歇，饮用冰凉的山泉水以提振精神。印象中，这条河看起来从未如此美丽。这趟来这里，溪水格外冰凉诱人。

我跳进溪里，让冰冷的山泉水麻痹我酸痛的身躯。我加入其他人，四人沉浸在跑完全程的喜悦里，我们相互击掌、拍背、拥抱，让疲惫不堪的身体得以休息。

当晚，我们围坐在溪边的火堆旁，共享带来的粮食，因为数量有限，必须小心斟酌每人的配量。最后感谢上天的照顾，成年礼的教育课程也宣告结束。

之后，我们各自寻觅睡觉的地方。卢克伸出手，对我说："我们做到了！男孩们明天要接受割礼，之后再庆祝一番。本一定会很开心，你是伊桑很好的见证人。"

"谢啦，卢克，真是不得了的经验。我还以为我跑不完。老天，希望这辈子不会再有第二次了！"

我们安顿好准备入睡，我不由得注意到这晚的星空无比清澈璀璨。我通过部落传统的短期试炼，联络到圣灵取得象征性的原谅，成功指导一名男孩成为男人，还跑完四十公里路，正感到志得意满时，心中突然闪过一丝不安。

"卢克，我们要怎么回去？"我说。

"我明天早上会叫醒你，再一起跑回村子。好好休息吧。”他模仿我的声音接着说，“老天，希望这辈子不会再有第二次了！”

卢克哈哈大笑，我不禁哀号。

回来之后，村里举办了盛大的庆祝会，我全身酸痛，根本一点庆祝的心情也没有，但一到跳舞时间，我又比任何人都来劲。

一夜狂欢的结果就是，我隔天就宿醉了，头痛剧烈，严重反胃。我睁开眼（准确来说，是用手掰开眼皮），努力把视线对焦在上方的茅草屋顶。心跳声在隐隐抽痛的头颅里回响，令人难以忍受。我挣扎着爬向门口——说是墙壁上的一个小洞可能更贴切，并从那里爬了出去。

“早安，多可塔拉。今天早上感觉怎么样？”酋长笑盈盈地抽着烟斗，坐在椅子上摇啊摇。

“我玩过头了，酋长。”我爬到他身旁，背靠着屋墙坐下，头痛欲裂。

“喝这个，多可塔拉，会让你舒服点。”

我从他手里接过碗。

“你确定这个会让我舒服点？”我晃了晃碗里的黑色液体。这看起来像痰盂里的烟草汁。

“我爸叫我喝过，我也看过不少我儿子‘玩过头’的样子。喝吧！”

我屏住呼吸，大口喝下这碗恶心难闻的液体。不久，我趴在屋后的灌木丛中大吐特吐，直到确定苦难结束，才回到酋长身边。

“很难说感觉舒服点了。”我挖苦道，觉得自己快死了。

“那只是第一碗药，喝！”他递出另一碗。

这一碗有甜甜的柑橘蜂蜜味，味道好极了。二十分钟后，不可思议，我真的感觉好很多了。

早餐送上来了，有玉米糕、水煮蛋和茶。我们一边吃着，酋长一边说：“你昨晚非常有趣，多可塔拉。”

惨了，我有不好的预感。今早每个和我擦身而过的人都笑嘻嘻，对着我指指点点，我得知道原因，像个男人一样承担。

“怎样的有趣法？”我问。

“你昨晚打鼓的模样我真是前所未见。在马拉维，我们喜欢一次只打一个鼓，但你这个‘白人疯子’一次摆出五个鼓，一边打鼓一边疯狂唱歌。你说这叫 wipeout，整个人像个疯子一样，连我们的 wamkulu[1]舞者都以为你被灵体附身了。看你打鼓真愉快。”

我这是在为跨文化交流而努力啊！

“我还有没有做其他有趣的事呢，酋长？”

“你跳舞！我这辈子还没看过男人这样跳舞。真不得了，所有的舞我都记得一清二楚。有摇摆舞、游泳舞、弹跳舞和大象舞。我最喜欢大家排成一列，一边唱歌，一边踢脚，

---

[1] wamkulu，马拉威著名传统舞蹈。

前后跳动，你说这叫什么舞？”

“兔子跳？”

“没错，那是支很棒的舞，你带着我们绕着屋子和火堆跳舞，我们就像一条缠绕着村庄的巨蟒。”

文化交流得分！

“打鼓和跳舞。”我若有所思，“还有吗？”

“你忘了吃玉米糕比赛了吗？”

“很模糊，你一定会告诉我细节吧。”

“我是裁判，七名村长、四名成年礼导师以及你一起坐在草席上，每个人前面都有一大碗玉米糕，比赛谁先吃完。贵国总统一定会以你为傲，你把其他人远远抛在后头，我活到这把年纪，还真没见过有人吃了这么多玉米糕、喝了这么多酒还不会吐的，你是男人中的男人！”

再得一分！代价是声名狼藉。

“我猜这一带所有人都听说我昨晚的表现了。”我沉重地叹了口气。

“那还用说，消息传得很快。”

“呃，还有吗？”

“还有一件事。”

“什么？”

“答应我，你明年还会再来。”

20 巫医与“快乐寡妇”们

“大家想见识一下真正的非洲巫医，我问过吉姆和琼，他们说只有一个人可能会认识，那就是你。是真的吗？”艾米姑姑问。

所有女士满心期待地倾身向前。

“是的，事实上，我正好认识这样一个人，他也会很开心认识你们。他居住在乔洛陡崖，沿途风光秀丽，但路途艰辛，至少得花四个小时才到得了，一路上都是荒烟蔓草，没有厕所。如果这样也没问题，我很乐意安排你们见面，我会亲自带你们过去。”

某天早上，琼来到我的办公室。她是位讨人喜欢的苏格兰朋友，嫁给了她在英国农学院认识的非洲白人吉姆·麦格雷戈。在乔洛县往南四十分钟路程的地方，吉姆经营着一座烟草园。两人来到马拉维的时间和我差不多，琼和我一样都是新来的，我们看非洲的角度相似。对其他非洲白人来说稀松平常的事，对我们来说却是陌生又好玩，跟她聊天很有趣。

在这个特别的早上，我正在替狗结扎时，她跑来找我。缝合完毕，我在办公室请她喝茶。她是来邀我去和她来自英国的亲朋好友聚餐的。

琼的姑姑艾米和她的好友们是一群有趣的寡妇，她们自己组了一个社团，取名为“快乐寡妇俱乐部”，经常聚在一起玩牌、吃饭、看戏。不仅如此，还会出国旅游，这趟是她们的首次非洲冒险。

那天下午和她们在一起很开心，吃完美味的午餐，正在享用甜点时，琼说，艾米姑姑想要请我帮个忙。

“大家想见识一下真正的非洲巫医，我问过吉姆和琼，他们说只有一个人可能会认识，那就是你。是真的吗？”艾米姑姑问。

所有女士满心期待地倾身向前。

“是的，事实上，我正好认识这样一个人，他也会很开心认识你们。他居住在乔洛陡崖，沿途风光秀丽，但路途艰辛，至少得花四个小时才到得了，一路上都是荒烟蔓草，没有厕所。如果这样也没问题，我很乐意安排你们见面，我会亲自带你们过去。”

经过短暂的讨论，“快乐寡妇”们明言可以忍受舟车劳顿。

几天后，我们坐上吉姆的车出发，下午抵达时，姆津巴大夫正要出门巡视。我一一为他引见“快乐寡妇”的成员，大家纷纷递上茶、糖、玉米粉、米、蛋和新鲜蔬果作为见面礼。

姆津巴大夫是个迷人的主人，他带着女士们四处参观，结束之后，女士们邀请姆津巴大夫和他的员工一起享用琼准备的豪华午餐。我们在医院院子中央铺上草席，大伙儿席地而坐，大啖烤鸡、烤牛肉、焗豆、马铃薯沙拉、烤饼、现烤面包、水果、蛋糕和冷饮。

在双方进行了许多轮问答之后，艾米姑姑问我姆津巴大夫是否能预言未来。我转述后，姆津巴大夫淡淡地耸肩：“当然，请女士们在草席上围坐成半圆。”接着，他走进屋内。

女士们宛如兴奋的女学生，嘻嘻哈哈地找到位子坐下。姆津巴大夫回来时，手中多了一个小袋子，他跪坐在女士们前方，逐一握住每个人的手，仔细审视之后，凝视对方的眼睛，但没有一人能留住他的视线。最后，他坐了下来，最先向艾米姑姑看过去，跟她索取一夸加，收下钱后，摇晃袋子，把里面的东西倒在地上。七根小骨头滚了出来，停在她面前。

姆津巴大夫端详骨头后陷入沉思，接着缓缓开口：“六年前，你的丈夫因为心脏毛病去世。”他指着自己的心脏。

艾米姑姑倒抽一口气，小声地问：“他怎么知道？”

姆津巴大夫接着说：“你的丈夫过世后，你严重酗酒，是现在坐在你身旁的这位姐妹帮助你戒了酒，从此你就滴酒不沾。”

我望着大家目瞪口呆的表情。

“你有三个孩子，最大的是个男孩，第二个也是男孩，最小的是个女孩。令人心疼的是，她和她的丈夫四处求医，至今还是膝下无子。给你个好消息：你的女儿怀有一对健康的双胞胎女孩，回家后，她就会告诉你这个好消息。恭喜你！”

艾米姑姑欣喜若狂，眼泪夺眶而出，暂时离开了位子。姆津巴大夫向下一位女士安收取一夸加，再次掷出骨头，说出她的丈夫死于酒精中毒，并正确描述出她每个孩子的特征，同时断言，安明年会多两个孙子，失业四个月的三儿子也会在她返家之前找到新工作。安开心不已。

下一个人是霍利。她似乎不像其他人一样热衷，心不甘情不愿地给了姆津巴大夫一夸加纸钞。姆津巴大夫摇摇袋子，倒出骨头，认真凝视良久，再抬起头来时，我瞥见他眼中的泪光。

他转向我，低声说道：“多可塔拉，我得私下跟这位女士谈谈，请你先带其他人离席。”

艾米、安、帕特和我走到不远的地方，我看着姆津巴大夫倾身说话，霍利倒抽一口气，接着双手掩面啜泣。姆津巴大夫温柔地拉下她的手，若有所思地直视她的双眼，微笑地说了某些话。

接着，霍利走进树丛，姆津巴大夫挥手要我们回去。在回去的路上，艾米姑姑跟我们说，许多年前，霍利要替丈夫和儿子准备大餐，怕他们碍手碍脚，就叫他们去商店，结果他们在回家途中出了意外，霍利从此自责不已。她相信姆津巴大夫一定在骨头里看见了这些往事。

轮到帕特了。她递出一张一夸加纸钞，姆津巴大夫丢出骨头。他仔细研究了一会儿，用手抚摸骨头，接着不发一语捡起骨头放回袋子，再次摇晃袋子后倒出。我们看到他盯着骨头，然后收起它们。

“替霍利女士算命耗尽了我的力气，我是个老头子了，无法解读。我得回屋休息了。祝各位一路顺风。”说着，他把钞票还给帕特。

开车回家的路上，帕特问：“雷布，姆津巴大夫说他太累了，所以没办法替我解读骨头，你觉得他说的是真的吗？”

“为什么不是真的？他上了年纪，替霍利的解读又令人伤感，看得出来他替霍利感到心痛。”

“你确定他不是因为看到什么不好的事，不想告诉我，才说他太累了吗？”帕特问道。

车内一阵静默。

“帕特阿姨，我认识姆津巴大夫好一段时间了，他如果说他太累了，不能解读，那就真的是太累了。万一解读错误，可是会坏了名声，就只是这样而已。往好的方面想，你省了一夸加。”

过了两个月，我在乔洛陡崖工作，当晚借宿在姆津巴大夫家里。我们一起享用了晚餐，餐后坐在门廊喝茶。

“多可塔拉，还记得你带来的那几位白人女性吗？”

“当然，来拜访你可是她们整趟旅程的高潮呢。”

他浅浅一笑，神情转为哀伤。

“替我最后没能为她解读的那位祷告吧。骨头预言了两次，很快地，这里就会流血。”他指着自己的头，“她将走得很快，不会有任何痛苦。替她祷告吧，我现在要进屋去祷告了。”他从椅子上起身，走了进去。

三个星期后，琼顺道造访我，捎来了坏消息。她收到艾米姑姑的信，信上说帕特因为严重中风过世了。骨头的两次预言成真。

21　不着调的救援物资计划

我坐在史蒂夫身旁，面前放着井然有序的文件，详述发送给难民的物资、地点、日期和时间。

史蒂夫凑近我耳边低语:“我觉得很好，你呢?”

“看起来是不错，但没有帮助，也不会有用。”我低声回答。

“哈啰，我可以进去吗?”门口传来低沉的嗓音。

我从报纸里抬起头，看见史蒂夫·伯恩斯的笑脸，他来自科瓦札教会教学医院。在互相握手致意时，吉尔端着托盘走进来。史蒂夫坐下后询问我的工作状况，我也探听起他在医院的种种，喝掉一整壶茶后，我们才把从上次见面到现在的空白填满。

而后，他说明来意。

“雷布，我受邀参加下星期在布兰太尔举行的会议。就我所知，有个美国富豪想要援助乔洛县和姆兰杰县的莫桑比克难民，要我也出点力。如果你能空出时间，我希望你跟我一起去。”

“我会腾出时间，算我一份。”

“好极了，我下星期二早上十点来接你。会议地点在芒特索彻酒店，提供午餐。”

我那天已经安排好要为牛验孕，因此和史蒂夫约定两人直接在饭店碰面。但幸运女神很不赏脸，会议当天早上，平时简单快速的验孕一点也不简单快速，再加上有两只牛难产，花掉我不少时间。

出诊结束之后，我立即脱掉工作服，跳上摩托车赶往饭店。我分秒必争抵达饭店，飞奔到会议室，找到史蒂夫时，他正在跟另外两个男人说话。

史蒂夫医生向他们介绍我是他的助手，我看到每个人都在打量我，想必他们正在疑惑我是哪门子的助手。史蒂夫西装笔挺，容光焕发，我则是T恤搭绿色工作长裤，脚穿褐色皮靴，全身覆满红色沙土、血迹和胎液，再加上一头长发，浓密的胡须，满脸干涸的血迹和牛粪，这一切都让我看起来很不专业。不过，每个人还是笑盈盈地前来和我握手寒暄。

只有两个人例外：第一个人是贾森·戴顿，负责这次企划的美国人；第二个是巴基斯坦商人哈希·哈希，也是我认识的人里最无耻的商人之一。戴顿直接无视我伸出去的手，哈希则干脆转过身，假装没看到我。戴顿的冷淡出乎意料，哈希的反应则不令人意外，毕竟我之前跟他有过不少争执。他是个声名狼藉的家伙，我很纳闷他是怎么混到这项计划里来的。

戴顿宣布会议开始。我坐在史蒂夫身旁，面前井然有序地摆放着相关文件，详述发送给难民的物资、地点、日期和时间。

史蒂夫凑近我耳边低语："我觉得很好，你呢？"

"看起来是不错，但没有帮助，也不会有用。"我低声回答。

"不好意思，雷布汉医生，"坐在桌首的戴顿冷冷地道，"你愿意跟在座的人分享你的意见吗？"

我深吸口气，炮火猛烈地说："我是雷布汉医生。戴顿先生，你的用意值得钦佩，但你的计划毫无效率，帮不了莫桑比克难民，只是浪费时间和金钱罢了。"

现场一阵静默。坐在戴顿左手边，一位年约六十、体型肥胖的绅士率先开口："我的名字叫卡尔·西弗森。我很想听听你的想法，说说你为什么认为我们的计划是浪费时间和金钱。"

"第一个问题在于单子上的第一项。水桶是很棒的点子，也是必需品，但塑胶桶是浪费金钱，根本不耐用，要给就给金属制的。"

“金属桶更贵，运费也更高。”戴顿先生提高音量，显然认为我是个笨蛋，“塑胶桶比较省钱，多出来的钱可以送更多物资给难民。”

“戴顿先生，这里的人会在三块石头之间生火，然后把一桶水放在石头上。在消息传出去之前，许多女人会把你们的塑胶桶放到火上去烧，最后，桶子不但坏了，还会制造有毒浓烟，火也白白浪费掉了。女人得走一个小时去提水，再用手提着走回来。她们如果看到辛苦提回来的水从烧掉的桶底流出来，肯定不会开心。别笑，以前发生过这样的事。”我解释。

“太荒谬了。”戴顿先生不相信我的话。

“很有趣，请继续说。”西弗森说。

“第二项——食用油，派不上用场。这里的人不用油炒菜，什么都用煮的。你们的食用油最后会流进黑市，唯一受惠的是黑市商人。你们打算要送出去的玉米也有问题。玉米是什么颜色?”

“玉米颜色又有什么关系?”戴顿先生的脸开始涨红。

“关系可大了。这里的人种白玉米，磨成粉来煮成玉米糕，这是他们的主食。他们不喜欢黄玉米。如果你们给了他们黄玉米，这时有人出现，提议用一公斤的白玉米换三公斤的黄玉米，难民绝对会热烈欢迎，说不定还愿意用五公斤去换。给他们黄玉米，只会让他们被人占便宜。”

我继续激烈批判：“说到欺骗难民，当然不能漏掉哈希货运的哈希先生。他是运送物资最糟的人选。我猜他会用十分之一的价格买下那些油，再用两倍的市价卖给这里的人。你打算出多少价格买难民的玉米，哈希？四公斤黄玉米换一公斤的白玉米？”

“你不要血口喷人。各位，这个男人不但卑鄙，还是个骗子，千万不能相信他。”哈希说着，和我怒目相对。

“如果是这样，请容我问一下，这些发送点是谁选的？”我冷冷地问。

所有目光集中在桌首的戴顿身上。他清了清喉咙说：“我找哈希先生商量，他给了我最适合发送物资给难民的地点。”

“冷血小偷！抢走饥饿孩子们口中的食物，会如何遭到阿拉的惩罚呢？你这个贪婪的混蛋！”

“我不是小偷！”哈希冲口而出。

我占了上风，吐出脑中能想到的最侮辱人的话：“你这个狗娘养的骗子！”很幼稚，但套用在哈希身上感觉很好。

“各位先生，地图上标示的这几个发送点，根本没有难民。难民都沿着边境扎营，这些地点都在内陆。”我进一步解释，“你们会发现，这几个点都有一间小杂货店。表面上，店主人是当地的马拉维人，但众所周知，每一家商店的合伙人都是哈希先生，他拥有八成的股份，马拉维合伙人不过是个约聘奴隶。我猜，哈希先生会在每个地点召集一群马拉维人领取你们的物资，再便宜买下。”

哈希活像一只准备出击的眼镜蛇，就要从桌子那端扑过来杀了我，我私心希望他真的这么做。我认识不少受害者，恨不得为他们执行一点街头正义。

“各位冷静。”西弗森强硬地说，“我很不想这么问，但你有找出其他问题吗？雷布汉医生。”

“保险套，太浪费钱了。”

“雷布汉医生，你一定知道艾滋病正在非洲肆虐，没想到你这个专家居然不支持送保险套。”戴顿先生自以为是地说，“捐赠者明确要求救援物资里一定要有保险套。”戴顿先生一脸扳回一城的表情。史蒂夫和我面面相觑，回想起我们那惨败的保险套计划。

“好主意。在座有哪位愿意拨冗替这里的人示范使用方法呢？他们没听过保险套，对保险套的作用也懵懵懂懂。上一次的救援物资计划，自作聪明地发了附有说明书的保险套，问题是，他们把说明书钉在保险套上。”我说。

“各位，这就是为什么这么多救援物资计划会失败，因为大家都不做功课。要知道，当你一星期只有七十五元可以帮助人的时候，真的很难眼睁睁看着有人这样浪费钱。还有一件事，在这张桌旁，我没看到任何一张马拉维面孔，有人跟当地官员联络过吗？没有？为什么？”

“雷布汉医生，我们是担心政府贪污，哈希先生建议我们不要找他们商量，这样才能让难民拿到更多救援物资。”西弗森心平气和地说。

“真是天下乌鸦一般黑。我无意冒犯，但他的企划案真是个笑话！”

我收拾好自己的东西，倾身跟史蒂夫医生低语：“对不起，让你丢脸了。”然后离去。

我气炸了，为了宣泄沮丧，回家路上我绕去前草挤乳棚想找点事情做。等我回到办公室，停好车，只见史蒂夫的车停在前方，我卸下行李时，可以看见他在敞开的门内等待我的身影。可能是来痛骂我一顿的吧，只能硬着头皮上了。我鼓起勇气走上阶梯。

“你就是好医生雷布汉吧！”他笑嘻嘻地说。

“嗨，史蒂夫。会议的事真抱歉。”

“不必抱歉，你让我脸上有光。还记得那个叫西弗森的人吗？”

“当然，他不但叫对我的名字，还问了聪明的问题，看起来比那个笨蛋戴顿更热衷于这个企划案。”

“一点也没错。他把戴顿、哈希和在场所有人都解雇了。多亏你的建言，现在换成了金属桶和白玉米，不过保险套和食用油已经备好了，没办法改变。但好消息是，他们要求由你来选择发送点和货运公司。”

“我吗？”我大为震惊。

“其实，捐赠人是20世纪60年代来到马拉维的和平工作团义工。你说你工作一星期才赚七十五元，卡尔把我拉到一旁，想知道那是什么意思。我告诉他，你是和平工作团义工，是这几区的兽医官，所以我邀请你过来。他开心死了。”

“真的？”

“真的！卡尔接手了企划案，并准备延长逗留时间，要确认一切符合捐赠人的期待。他打算去视察物资发送地点。他明天想跟你见个面，这是他的电话号码。”

我联络了卡尔，他坚持要来办公室找我，亲眼看看我工作的地方。我们约好接近中午时碰面，一边喝茶一边讨论货运的选择和发送点。我建议卡尔把发送物资的市场价格写上去，因就我所知，难民会拿去交易或贩售。

我在马拉维看过不少救援物资计划，送的都是一些没用的东西，主导计划的人则是领高薪、开崭新休旅车的家伙。他们收入高、免缴税、过着上层社会的生活，却把大笔大笔的金钱挥霍在一开始就注定失败的案子上。

能真正帮助到人的话，即使是绵薄之力也很好。

“对了，”卡尔在离去之际说，“你觉得这里的人会怎么使用我们发出去的保险套？”

“不知道。别担心，他们不会浪费，会想到办法物尽其用。”

发送完物资的两天后，我驰骋在连接姆兰杰县和乔洛县的大马路上，远远地看见一群人正搬运着一桶桶十公升的食用油。我靠近看了个仔细。如果你不需要或买不起十公升桶装的油，有个简单的解决办法：他们有携带方便的一公升包装，就装在保险套里。

不会吧！我两手来回把玩着这个装满油、外形像鱼雷的玩意儿。不知道是哪个牌子的保险套，还真是坚固耐用，不知道油里混入避孕胶冻和润滑剂是什么滋味。

“你想买吗？我可以算你便宜一点！”其中一名小贩把两条塞满油的“鱼雷”递到我面前。

我微微一笑，问：“一桶多少钱？”

22 我会失去我的“恶名昭彰”

要是知道我病了，连自己都治不好，大家会怎么想？

如果我跟你去医院，我的人生就毁了，跟死了没两样。

我会失去我的“恶名昭彰”。

我每星期都会到沙迪（Nsardi）一趟，当地的挤乳棚有四十五名勤奋的小酪农，艾纳巴达威医生的庄园就在不远处。无论多忙，只要来到附近，我一定会前去拜访他们一家。

我刚替好几头牛做完产检，是时候去拜访艾纳巴达威医生了。我绕到屋后，避开看守前门的土狼。第一次拜访时，默默示意我进屋的男孩杰克森突然冒出来迎接我。

“嗨，杰克森，你好吗？”

“我很好。你好吗，多可塔拉？”造访多次之后，杰克森终于逐渐不再畏惧我，如今可以直视我说话了。

“我也很好。最近怎么样啊，杰克森？”

“出大事了。艾纳巴达威医生把自己关在屋里五天，一次都没出门，也不让人进去，他一定是在制造强大的咒术。”

“你觉得我可以进去吗？”

“那就是你的死期了。祝你好运。”

我走到后门大喊：“早！”艾纳巴达威医生的妻子玛丽一手拉开盖住门的草席，一手抓着我的手，把我拉进屋里。

“谢天谢地，你来了。雷布，请救救丹！”她恳求着，带我来到卧室。我看见浑身颤抖冒汗的丹，他虚弱地微微一笑。

“我看起来怎么样，医生？”他轻声说。

“糟透了，你病多久了？”

“一两天吧。”他说。

玛丽打岔：“他病了至少六天，不肯找人帮忙。”

我把手放上他的额头，他在发烧；我拉下他的眼睑，原本粉红色的部分几乎血色尽失。

“你染上了严重的疟疾，我亲身体验过，我带你去医院吧。”

“不行，雷布，我不能去。”他打着冷战说。

“你病了六天，可能得输血，我们现在就出发。”

我两手正要撑扶他起身，他恳求道：“等等！雷布，请先听我说。”

“好。”我拉来一张椅子，坐在他身旁。

“雷布，你知道我会帮助人对吧？要是知道我病了，连自己都治不好，大家会怎么想？如果我跟你去医院，我的人生就毁了，跟死了没两样。我会失去我的‘恶名昭彰’。”

我仔细想了想，不得不同意他说得有道理。

“我懂了。不如我晚点再过来，趁着夜色的掩护送你去医院？”我说。

“别白费力气了，不管怎样隐瞒，我一旦去了医院，消息就会曝光。我不能离开屋子。”

我看向玛丽：“你要我怎么做？”

她示意我跟她离开卧室。

“丹是个好人，但他深信如果消息传出去，他就会失去力量，他很害怕。你能在这里做点什么帮帮他吗？”

我摇摇头：“他需要的药品和疗法我都没有，也不会。”

她拉着我的手说：“我很抱歉。我从没看他病得这么重过。”

我看向窗外，脑中突然闪过一个点子。“我得走了，两三个小时后我会带救兵回来，你们别无选择，只能相信他。”我说。

抵达卡布库教会医院时已然天黑，戴夫医生正在进行夜间查房。我耐心等待，直到有机会跟他说话。我稍加解释艾纳巴达威医生的情况，询问他是否能到艾纳巴达威家出诊。

“想都别想！如果他需要我的帮助，叫他自己过来。如果他傲慢到不肯过来，那就让他死在自己的迷信之下。”

我不敢相信自己的耳朵：“你这个顽固、以自我为中心的猪头！就因为他用不同的方法学习医术，你就要这样见死不救？你许下的希波克拉底誓言都跑哪去了？帮我抽血，给我最有效的治疟疾药，我自己去救他。我是RH阳性O型血，可以捐血给任何血型。快抽吧，我赶时间。”我伸出光裸的手臂。

我们两个怒目相对好一会儿，戴夫才打破沉默。

“我去拿点东西再走！”他咆哮。

我们来到艾纳巴达威医生家时，玛丽跑向戴夫，一把抱住他。

“戴夫，我好高兴你来了。雷布说要去找救兵，没想到那个人是你。”她说。

“你们两个认识？”我目瞪口呆。

“是。”戴夫简短地说，一转身，跟玛丽说话的语气柔情似水：“你和女孩们过得好吗？”

“我们很好，戴夫，可是丹需要你的治疗。快来，我们晚点再聊。”她领着我们进入卧室。

丹看到戴夫可就一点也高兴不起来了，他气呼呼地抗议。

“闭嘴。我原本是想让你爬到我的医院来求我治疗。”戴夫说。

丹两眼冒火地瞪着他好一会儿，接着瘫软下来，躺回枕头上。“我也爱你，亲爱的哥哥。”他虚弱一笑。

“你们两个是兄弟?”我诧异地问。

“同母异父的兄弟，要是你说出去，我会宰了你。”戴夫大吼。

“别担心。”我哈哈大笑，“要是我说优秀的伊华班尼医生和艾纳巴达威医生是兄弟，会被人鞭打浸羊槽的。”

“轮到你贡献了。”戴夫对我说，“你上次捐血是什么时候?”

“三个月前。”我撒谎了，事实上我六个星期前才捐了半公升的血给一位需要输血的朋友。

我随即抽出半公升的血液，戴夫把血加入正在替丹输入的用以维持生命的奎宁的点滴里。抽完最后一点血后，我感到头昏眼花，身体左摇右晃，倒了下去。

“好极了。”戴夫抬起我的脚，“不止一个，我得治疗两个白痴。”

戴夫替我的手裹上绷带，我向他保证我没事，他撑扶我起身。

“得走了，雷布，必须趁天亮前离开，免得被人撞见我来这里。要是这男人还需要我的治疗，你就得把他带来找我，懂了吗?”他一边强硬地说，一边收拾东西。

“我懂了。”我温驯地回答。真想知道他们的历史。

我们走向房门，戴夫倏地打住脚步，回头看了眼玛丽，然后是丹。我看到他垂下肩膀，放下药袋，走到丹的身旁，轻抚着弟弟的额头:“别担心，没事的，弟弟，你会好起来。”

丹抓起戴夫的手放在自己的脸颊上。

“好久不见了，血浓于水的哥哥，谢谢你在我犯蠢时还愿意支持我。一路顺风。”他说。

“我会的。保重，弟弟。”戴夫笑着牵起丹的手放在自己的脸上，紧紧握着。

“好好照顾他，玛丽。”戴夫又拥抱一下玛丽，说，“别让他惹上麻烦。”

回到戴夫医生的医院时，已是破晓时分。

“你做了件好事，戴夫，谢谢。”我伸出手。

“谢谢！”他紧握我的手，“我可能有好长一段时间不会再见到我弟弟了。”

“为什么？”

“名声。”

“名声？”

“你也听他说了，他永远不能来找我，就怕人们以为他失去了力量。同样的，我也不能去他家，人们会以为我的药效太弱了。这是新旧之间的传统战争，两者无法混为一谈。”

我想了一下，说：“你们两个明明是聪明人，怎么会那么笨？既然那么担心名声，为什么不在中立地带见面呢？还记得我们今晚经过的那间休息小屋和餐厅吗？差不多就在医院和丹的家中间。他自己有台皮卡货车，你也可以搭巴士来回；如果没巴士，我可以送你去，我们可以来个三方医学会谈。这样蛮酷的，我们可以约个时间吃饭，聊一整个下午。如何？”

说完，我发动摩托车，跟戴夫挥手道别后扬长而去。从后视镜里，我瞥见戴夫笑容满面地向我挥手。

回家的路上，我顺路到艾纳巴达威医生家去查看他的状况。玛丽做得很好，丹睡着了，完美！

我准备离去前，杰克森来找我说：“昨天晚上，我看到你带着卡布库教会医院的伊华班尼医生来这里。”

该死，我心想。

“可怜的伊华班尼医生，他一定是病得很严重，才会需要艾纳巴达威医生。他会好起来吧，多可塔拉？”

“伊华班尼医生？啊，是啊，我想他会好起来的。事实上，我跟他道别时，他看起来好多了。杰克森，我相信你一定知道，要是被人知道伊华班尼医生来过这里，会有损伊华班尼医生的名声。”

“别担心，多可塔拉，我来自卡布库教会医院附近的村庄，他救过村里许多人，我绝对不希望他或他的名声受到任何损害。这件事我将绝口不提。艾纳巴达威医生怎么样了？”

“他非常疲累，需要静养好几天。”

我一路驰骋回到办公室，脑中千头万绪。艾纳巴达威和伊华班尼这对兄弟代表了旧和新，在非洲各有需求，各占一席之地。

23 一、二、三，腕力比赛开始！

“真不好意思，多可塔拉，但你看看我的手臂。”他向在场所有人展示他的臂肌，“你的手臂只适合检查怀孕的母牛，我不认为可以拿来比力气。”

“只有一个方法可以知道：来比一场吧！”

“比赛结束！”警察局长约翰·菲里的飞镖落在三倍区，结束比赛。现在是星期二晚上，我们在小酒吧，而我再一次输得灰头土脸。

“我不得不说，你真的不太会玩射飞镖。”他对我说。

“我没话说，谁叫这里既没有撞球台也没有弹珠台，那么我擅长的酒吧游戏只剩下一个了：比腕力。”

“比腕力？那是什么？”

“你没听过比腕力？”

“没有。”

“我来示范给你看。”

大块头跟着我走到小吧台，我站到吧台后，约翰站在对面。我的手指勾住他伸出的左手指，让两人的左手臂平放在吧台上，接着要约翰举起右手，五指朝上，我用右手握住他的大手掌，示意他也这么做。两人把手肘搁放在吧台上，伸直右手臂。“我要做的，就是把你的右手臂压下去碰到我的左手臂。”我慢慢地压下他的手，“你要做的，就是把我的右手臂压下去碰到你的左手臂。”我把他的手拉过来，示范如何让我的右手臂碰到他的左手臂。

“简单吧？”我说。

“你说你很擅长这个？”约翰问道。

“是啊，我可厉害了。”

他忍不住爆笑出声，没多久，酒吧里所有人都跟着笑了。“真不好意思，多可塔拉，但你看看我的手臂。”他向在场所有人展示他的臂肌，“你的手臂只适合检查怀孕的母牛，我不认为可以拿来比力气。”

“只有一个方法可以知道：来比一场吧！”

“你是认真的？”他难以置信。

“当然，我还可以跟你赌一局，赌金你决定。”

“十夸加，你付得起吗？”他问。

十夸加约等于二十瓶啤酒、五十五瓶汽水或一个没技术的工人一星期的工资。

“我付得起，但我不想让你的孩子没东西吃。”我说。

“别替我的孩子担心，这是我的私房钱，你只可能让我没啤酒喝。”

“好，就这么说定了。”我从口袋里拿出一张十夸加的钞票放在吧台上。

约翰·菲里局长是个强壮的男人，也是个可敬的对手，但也因为他对比腕力一无所知，才会认为我一点胜算也没有。我并不担心，力量固然重要，但技巧更是关键。我善用技巧打败许多比我强壮的人，相信这次也不例外。另外，我还有一个优势。伤人的人会忘记，但被伤的人永远记得——我永远不会忘记，上次我为了空出地方，清掉储藏室那堆文件时，他是怎么吓唬我的，复仇的时刻到了。

“赌了。”约翰用一张十夸加的钞票盖住我的。

我教导伊莱如何做赛前准备和开赛。

在众人的围观之下，约翰和我各就各位。

“准备！一、二、三，开始!”伊莱大喊，同时放开我们的手。

我用了不到十秒就轻轻松松击败大约翰，现场一片静默。看到大家脸上写满震惊，真是太值了。

“就说我很在行吧。”我打破现场沉默。

“我不相信，你是怎么做到的？”

“一只盲眼猪偶尔也会找到玉米粒。”我耸耸肩。

“再比一场如何？不赌钱，玩玩而已。”

“好啊。”又要上演另一场复仇记了。

这次，我用更短的时间压下他的手臂。约翰倒退一大步，难以置信地瞪着我。所有人疯狂地戏弄约翰，他原本都很有风度地接受了，直到罗伯特·昌博推了他一把，说：“说不定多可塔拉从母牛屁股里得到了特别的魔力。”众人哄堂大笑。

“除非你有胆试试看，否则你最好闭嘴，不然我要以骚扰我的罪名逮捕你。”

我站在约翰局长这一边。

“昌博先生，你敢吗？”我问道。

“我敢，但我只有五夸加。”

“五夸加也行，站到吧台前来吧，朋友。”

我和罗伯特·昌博的比赛快到连眨眼的时间都没有就结束了。另一名警官加里·鲁皮站出来。

“我有五夸加，下一个是我，多可塔拉。”他在柜台上放了五张一夸加的钞票，转身向众人展示肌肉，他的身材跟约翰局长一样精实。

加里果真不是盖的，我花了十五秒才结束比赛。接下来又有三人挑战，连赢三场之后，我的口袋满满，支付两个星期的酒钱还绰绰有余。

三个晚上过后，我回到酒吧。一整天在外辛苦工作，我想喝杯酒解渴。星期五的酒吧如往常一样热闹。我一走进去，就听见有人说：“他来了，我们准备好了。”

“准备好什么?”我跟伊莱要了瓶啤酒。

“准备好比腕力。”八个男人站上前。我上下打量了一下，每个人的体重、身材都和我差不多，但力气可就不一定了。

“准备好掏钱了吗?”

所有人点头。我和他们一一握手后，经过短暂的讨论，决定赌金一律维持在三夸加。一部分的人吵着要加码，但我坚持维持在三夸加。孩子们啃着我吃剩的骨头的画面，始终在我的脑海中挥之不去。

“谁要先上?”没人说话。

“用射飞镖决定吧。”群众中有人大喊。

“好主意。每人射一支镖，分数最低的先比，最高的最后比。”我说。十五分钟后，顺序决定了。

“还有一件事要先说好，由我决定比赛开始时间，如果我有需要，我有权利要求三十分钟的休息时间。”我说。

没人有异议。

第一轮的三个对手各花不到五秒钟，我没消耗多少力气，但还是先暂停比赛享受了一瓶啤酒。这才是我来酒吧的主要原因。

第四个对手花了十五秒，第五个不到十秒，第六个大概介于中间。我第二次暂停比赛。

第七个对手花了十秒钟搞定，而我的手也酸了。我又喊了一次暂停，这次不是点啤酒，而是点了一罐可乐补充咖啡因和糖分。

三十分钟后，我面对第八个人，他不知哪来的自信，傲慢地冲我一笑，放了十五夸加在吧台上说："我要提高赌金。"

"游戏规则一开始就定好了，只能三夸加。"

"多可塔拉，你怕了吗?"他奚落道。

"我只怕你的老婆孩子会因为你这个笨蛋饿肚子。三夸加，就这样，比吧。"我毅然决然地说。

"准备好了吗?"伊莱说。我们同时点头。

"一、二、三，开始!"伊莱放开我们的手，不到五秒，我压下他的手臂。

我用赢得的一半赌金请全酒吧的人喝酒，喝完自己的啤酒后，我宣布今晚到此为止。

每星期都会冒出新的挑战者，我衡量对手的能力，评估自己一个晚上可以对战五到八场，如果挑战者太踊跃，我会把部分人安排到下礼拜。

我赢得的赌金轻轻松松就能付掉酒钱，还有多余的钱可以在琼巴牛场药浴池盖一间新茅厕，在前草牛场药浴池盖一间新鸡舍。比腕力赢得的赌金修好了沙迪药浴池兽医助理家的屋顶，也资助了酒吧女郎的抗生素，如果有人付不起宠物或牲畜的治疗费，差额的部分就由我来补。

原本只是好玩，现在来真的了。我闯出了名号，一堆人等着打败我，但我不会那么简单就拱手让出宝座。我开始精进技巧，升级关键的起手式，增强力量。我保持不败纪录，在不勉强的情况下，一晚最多可以比十场。

就这样过了三个多月。

马哈拉威帕扔出一支飞镖，正中双倍十二分。“射得好！”我再次落败。

“谢啦，雷布。对了，你知道我们飞镖队本星期五要在这里迎战林贝队吗？”

“不知道。你们不是都在星期四晚上比吗？这星期可以不比腕力，场地留给你们。”

“不是的，他们想带腕力选手同行，要求把比赛改到星期五。可以在飞镖比赛之间穿插比腕力，一定会是很精彩的夜晚，到时场外赌的可是一大笔钱。看样子，每个人都想在上面记下他的分数。”他指着伊莱挂在吧台上的小分数板。左边最上方写着“多可塔拉”，右边写着“笨蛋们”，我的名字下方是九十六，代表我的九十六场胜利，笨蛋们的下方则是一个大大的零。

“叫他们放马过来。”我拿起一瓶酒，拉来一张椅子坐在杰夫和约翰·菲里旁边。

“所以你要跟林贝男孩比赛啰？”约翰问道。

“我想是吧。”我回答。

“你大可以不用接受挑战，见好就收，维持不败纪录。没什么好丢脸的。”约翰说。

“话是如此，但那有什么好玩的？我的纪录早晚会有结束的一天，这是一定的。”

“小心，雷布。那些男人会是你至今遇到的最强劲的对手。传闻沸沸扬扬，有人在他们身上押了一大笔钱。”杰夫说。

隔天，我前去拜访艾纳巴达威医生。找到他时，他正在刚整好地的小花园里，对着三个专注聆听的男人下指示。我靠了过去，大声问候：“你好吗？”

“哎呀，这不是我的好兄弟吗？连赢九十六场的乔洛腕力冠军。心情如何？”

“好极了。怎么了？”

“星期五晚上的大赛你准备好了吗？”

“好得不能再好。反正这两天也不能做什么。”

“还可以吃一顿大餐啊，让你有水牛的力气、豹的灵巧和狮子的勇气。在我们谈话的时候，我太太已经在准备了。来吧，吃饭了。”

我跟着他进入屋子。玛丽煮菜的香味令人垂涎三尺、饥肠辘辘。诱人的可口香味让我相信这是魔法。

“玛丽，我们回来了。”丹大喊。

我们在桌前坐下，丹向锅子伸出手，被玛丽一手打掉。

“要先祷告。”她简短地说。

他立刻低下头祷告，他们的女儿和我跟着低头。

“阿门，我们吃吧。”丹说。

“雷布，心情如何？”玛丽问道。

“我感觉很好，但开始有点担心了。大家一直问我的心情，你们是不是瞒着我什么?”

玛丽和丹互换眼神。

“什么事?”我问道。

“我做了个梦。”费丝小声地说。

“是什么?”

“我看见你比了好多好多次腕力。有一个男人，他没有比，但押了很多钱赌你会输。他穿着很好的衣服，深蓝色西装、亮黄色领带，黑色的鞋子非常闪亮。他叫你笨蛋，说你不会赢。他人好坏。”她满脸忧虑。

“还有其他的吗?”我轻声问道。

“没有，我醒来之后就跟爸妈说了。你会没事吧，叔叔?”

“我很好，甜心，你别担心。”我倾身轻拍她的脸颊。

餐点非常美味，我吃得比平常还多。吃完饭，我和丹到户外散步。

“你今天怎么来了?”他问道。

“关于星期五来自城外的挑战者，说不定你这里有些什么消息，有备无患嘛。听懂了吗? 有备，有臂，比腕力，有臂……?”

“我懂了。”他翻了个白眼，“我也想给你更多消息，但没办法，我什么也没看到。是费丝说你今天会过来，看见的人是她。”

“哇! 有其父必有其女，真惊人!”

“是啊，玛丽和我都大吃一惊。费丝回床上睡觉后，我们夫妻俩躺在床上兴奋得睡不着觉。你不介意我去看比赛吧？”

“介意？那是我的荣幸。”

“好极了，那星期五晚上见啰。”

24　系着黄色领带的男人

“你系的那条领带真有趣，我从没见过。”

“谢谢，是纯丝质。”

“亮黄色搭配深蓝色西装格外显眼。”我瞥了眼他闪闪发光的黑漆皮鞋。跟费丝的描述完全一致。

接下来的两天飞逝而过，星期五到了，空气中弥漫着紧张刺激的味道。我收拾背包准备下班时，所有员工聚集到我这里。看样子是有备而来。

“什么事？”我问道。

这时，吉尔端着小蛋糕走进来，放在桌上。“这是我们所有人的心意，祝你好运。”她说。

我深受感动：“哇，谢谢大家。每个人都要吃一块幸运蛋糕才能走！”我拿刀切了九小块，恭恭敬敬递给他们。

吃完蛋糕，大家纷纷祝福我，并承诺会到现场为我加油。杰夫是最后一个。

“心情如何？”他问道。

“杰夫，我好得不能再好，不想再听到这个问题了。”

“抱歉，只是……”他欲言又止。

“只是什么？”

“我很担心你，我不相信那些林贝男孩，你要小心。”

“你真是我的好朋友，杰夫。约翰局长在今晚的飞镖名单里吗？”

“是啊，他是第三个。”

“帮我一个忙，请他安排两三名警察在酒吧附近巡逻，以防万一。”

“你觉得会有麻烦？”

“有人先警告过我了。”

“你是对的，我现在就去跟约翰说。”

我的晚餐是一份健康的玉米糕，为了帮助消化，我混入糖和奶粉一起吃，也是为了把战斗力逼到极点。吃完饭，我平躺在床上冥想，祈求上天让我发挥实力。倘若我尽了力却还是败北，那就这样吧！

一小时后，我漫步前往酒吧。酒吧外围了七八圈人，他们在我接近之后纷纷举起手和我击掌，我好整以暇地一一接受每个人的祝福。

我走进酒吧，环顾四周。伊莱和六名酒吧女郎在我右边的吧台后方，紧邻我左边的是乔洛飞镖队的座位，艾纳巴达威也在。我惊讶地发现，伊华班尼也来了。同样在左边，林贝的人在更远的另一头。我从容地逐一跟伊莱和六名酒吧女郎寒暄，再走向乔洛队，和队员致意之后，我伸出手欢迎丹和戴夫。

“戴夫·伊华班尼。”我握住他的手，“真是惊喜，没想到你会来。”

“我也是。丹来医院时，我差点被吓昏。他说你需要精神支持，愈多愈好，只有他是不够的。”

“无论如何，很高兴见到你，真高兴你来了。”

我接着前去欢迎林贝队。有些男人身材壮硕到可以同时射穿飞镖靶和墙面，谁是来比飞镖谁是比腕力，一目了然。其中一人吸引了我的注意。

“晚上好，我是雷布。”

“很高兴认识你，我是葛兰·马菲斯。”他说。我们两人握手致意。

“你系的那条领带真有趣，我从没见过。”

“谢谢，是纯丝质。”

“亮黄色搭配深蓝色西装格外显眼。”我瞥了眼他闪闪发光的黑漆皮鞋。跟费丝的描述完全一致。

和最后一人打完招呼，我请有意参加腕力比赛的人出列。八个魁梧的男人站了出来。

“我先说明比赛方式。我会站在吧台靠伊莱那边的位置。

只跟四个人比，每场比赛间隔三十分钟。出赛的四人用飞镖分数决定上场顺序，一人一支飞镖，分数最低的先上场，接着是次低分，以此类推。不能换人也不能换顺序，赌金是每场一百夸加。同意吗?”我问。

所有人转头看向马菲斯先生。他点头后，八个人回过头，不约而同地回答:“同意。”

掷出飞镖后，顺序已定。第一个男人走向吧台，我则走向丹和戴夫。

“我需要两位帮我计算一下比赛时间，我要知道每场持续多久。”我说。

“没问题。”两人异口同声。

我就位后，放了五张二十夸加的钞票在吧台上。马菲斯先生过来了，用五张新钞盖住我的。伊莱用空酒瓶压住钱后，说:“各就各位。”

现场鸦雀无声，我和第一个对手左手互勾，手臂平放在吧台上。他比我壮硕，两人做好准备，我放低姿势，伊莱握住双方的手。

“准备好了吗?”伊莱问。我们同时点头。

“一、二、三，开始!”他大喊，同时松开我们的手。

现场欢声雷动，犹如在观众爆满的球场上，球队射门得分。对手强而有力，如果不是抢得先机，我现在已经陷入苦战。开头的优势使我赢得胜利，就跟之前其他人一样，我的对手目瞪口呆地倒退。

“比得好。”我伸出手，他敷衍地回握。我拿起钱塞进口袋，回到乔洛队的位置。

马哈拉威帕、丹和戴夫正在跟马菲斯收钱。我问杰夫：“场外赌注？”

“对。”他回答。

“赔率多少？”

“赌你赢是一赔二。”

“你也有下注吗？”

“当然，我赌二十，我还想多押一点，但马菲斯先生最多就这样了。心情如何？”

“很好，那些家伙很强，但我感觉很好。叫乔洛的人之后都用一赔一，如果马菲斯先生不同意，直接走人，让他来找你们。他来这里玩，就该付钱。”

“了解，我把话传出去。”

“很好，我去一趟办公室，三十分钟后回来。”

我示意戴夫和丹跟我一起走。来到酒吧外，我说：“去我办公室喝点凉的，这里人多口杂，没办法放松说话。我请你们喝酒？”

五分钟后，我们走上办公室阶梯。

“这里还好吗，乔？”我问在办公室的乔。

“很安静，我听到酒吧那边的呐喊声了，比赛如何了？”

“对手难缠，但我表现不错。水准备好了吗？”

“准备好了，我现在就去拿进来。”

“谢啦，乔。”

我打开办公室冰箱，拿出两瓶酒，打开之后分别递给两位医生：“坐吧，先生们。”

乔把水倒入我桌上的盆子。我用手测试水温后，脱掉衣服，把右手臂泡进去。

“这是为何？”丹医生问道。

“我要用热水保持手臂温暖，加强血液循环。”

“多可塔拉，要热毛巾吗？”乔问道。

“拿进来吧。”我回答。

不久后，他带着几条热气腾腾的毛巾回来，铺在我的右肩上。

“这一场花了多久？”

“我算的是十五秒。”戴夫说。

“我也一样，整整十五秒，很快耶！”丹附和。

“还不够快，他很强。”我回答。

“我觉得十五秒很快了！”戴夫惊呼。

“超过十秒就是负担，多出来的五秒看起来不多，但久了就是关键。那些男孩有的是肌肉，幸好第一个家伙不懂技巧。如果剩下的人都像他一样，我就有机会拿下全胜。”我解释。

“那就好，不过，我有种奇怪的感觉。”戴夫说。

“你？”丹和我异口同声。

“喂，就算我是个科学人，偶尔也是会有预感的吧。”他大喊。

“是什么感觉，哥？”

“无法形容，很不安，总觉得事情不太对劲。”

“我也是，哥。”丹说。

“我也一样。”我附和，“我原先以为是紧张，看来不是。你觉得坐在马菲斯旁边的那只大猩猩怎么样？”我问道。

“我还以为他一定会站出来挑战你。一眼就能看出他是现场最强壮的人。”戴夫说。

“但是当你要挑战者出列时，他纹丝不动，只是静静坐在马菲斯身边。会不会是保镖？搞不好马菲斯带了一大笔钱，需要大猩猩随身保护。”丹推测。

我们一直聊到比赛快开始。我从热水中拿出泡到发红的手臂，取下肩膀上的毛巾，擦拭完毕后，我穿上衣服，离去前对乔说：“准备同样的。”

“好，多可塔拉，祝你好运。”

聚集在酒吧外的人群未散，纷纷让出一条路给我们三人通过。走进酒吧时，飞镖比赛正在进行。

“你们准备好开始了吗？”我问道。

射完飞镖，所有人围了过去。清算完赌金，我把一百夸加放到吧台上，马菲斯依然用他的钱覆盖住我的，伊莱用空酒瓶压住钞票。

第二个对手是四人当中看起来最为壮硕的，身材比我更为精实。这一场将是今晚成败的关键。我们互相勾住双手。

“一、二、三，开始!”

欢声再次雷动，我抢得先机，把对手的手往下压了三分之一，他的手腕往后，使劲抵抗，我动用右肩力量，缓缓把他的手臂往下压，砰的一声，最终完全将他压制在桌面上。

我收好赌金，和丹、戴夫一起走回办公室，随即再一次用热水浸泡手臂。

“时间多久?”我问道。

“二十六秒。”戴夫说。

“我算的是二十八秒。”丹说。

“该死，拖太久了。真希望那家伙是第一个，我就知道他会很棘手。”

“还有两个，没问题吧?”戴夫问道。

“下一个没问题，第四个得先等我解决掉第三个才能知道。你们谁可以给我一罐可乐吗?”

丹递了一罐过来。我问:“你赚了多少钱?”

“赔率是一比一，但上限提高到五十夸加。我们每个人都净赚了五十。”戴夫说。

“好极了，继续一比一的赔率，不然就别赌，让马菲斯来找你们。如果费丝的梦是真的，他很快就会拿出一大笔钱。”

“什么意思?费丝梦见什么?”戴夫问道。

丹详述了费丝的梦境，戴夫听完长长地吹了声口哨。我们回到酒吧，我摆好姿势迎战第三名和我势均力敌的对手，一就位，他的表情就流露出恐惧。

“一、二、三，开始！”伊莱大喊，顺势松开我们的手。

砰！我压下他的手臂，比赛结束，我和医生们重返办公室。

“这一个花了多久？”我一边问，一边把手放入热水盆里。

“五秒。”丹回答。

“真不敢相信，我算的是四秒。”戴夫说。

“这个轻松多了，解决三人，剩最后一个。照理说，马菲斯会在最后孤注一掷。我感觉很顺利，但总觉得他一定另有盘算，留了一手。”我说。

我们回到酒吧进行今晚最后一场比赛。杰夫证实了我的猜测：马菲斯仍然限制赌金上限。我就位后，扫视吧台。伊莱更新了战绩，我的名字下方现在是一个大大的九十九。再赢一场就满百了。

我放下一百夸加，马菲斯盖住我的钱。我又拿出另一张一百："要加码一百吗?"

他沉默片刻，最后说："我跟。"

我们分别又拿出一百后，我看到他面无表情，但狡猾的眼神泄露了一切。这些场外赌注只是为了吸引玩家，最大的骗局还在后头。

“手臂互勾，准备开赛。”伊莱说。

压轴赛持续了不到六秒，响亮的一声“砰”，对手的手臂倒向吧台，我保住了不败纪录。屋里屋外欢声雷动，全场到处都在互相击掌、握手、拥抱，这是有史以来最棒的腕力赛之夜。林贝男孩已经尽力了。我看着伊莱把我名字底下的分数改成大大的一百。

伊莱递给我一瓶冰啤酒，我瞄了眼群众之中的马菲斯先生，他盯着我的眼神就像一只秃鹰盯着狮子口中的食物。我喝光啤酒，跟站在我左右两边的戴夫和丹说：“回办公室去吧，我得冰敷我的手臂。”

我们三人转身离开，才刚走到门口，就被人叫住。

“多可塔拉，等等，请等一下，多可塔拉。”是那只“秃鹰”。

他走向我时，全场鸦雀无声。

“什么事，马菲斯先生?”

“再比一场如何?”他问道。

“你说什么?”

“再比一场，你对我的朋友杜克。”他指着整晚坐在他身旁的那只“大猩猩”。

“马菲斯先生，我说过只比四场，你的人应该早点出列。我比完四场，今晚结束，改天再带人来比试吧。回林贝一路顺风。”语毕，我转身离开。

“你是懦夫？怕了吗？听说你一晚通常比七到八场呢！”他转向围观的人群，“谁想看多可塔拉今晚再比一场?”

有人附和，但为数不多。

“走吧。”丹催促我。

“说得对，他们有过机会。现在，得去冰敷一下你的手臂了，雷布。”戴夫说。

“马菲斯先生，”我傻傻地上钩，“只有懦夫才会故意把最强的男人留到比赛结束，等我精疲力竭之后才跳出来说要再比一场，你才是懦夫，我要走了。”

“我提高赔率。”他大喊。

俗话说“好奇心杀死猫”，我犹豫了。

“多少？”我问。

“一赔三，如果你赢了，在你身上押注的每一夸加，我都赔三夸加。”

“一赔十，不玩拉倒。”我说。

“一赔十！开什么玩笑？”

“一点也没错，一赔十，不然我走了。”

“一赔四，我最多就一赔四。”

“开车小心。”我转身离开。

我们走到酒吧阶梯处，只听见：“一赔五，我提高到一赔五！”马菲斯先生在我们背后大叫。

我们继续走，我说：“你们觉得如何？要不要再推他一把？”

“今晚结束。他一开始就打算等你累了，再让‘大猩猩’上场收拾你。你已经击败他，你的朋友赢了钱，到此为止，收下他的钱，走人。”戴夫气愤地说。

“戴夫说得对。就算要比，你还有力气撂倒那头‘大猩猩’吗?”丹说。

“我不知道。我的手臂感觉还行，最后两场比得很轻松，那些人一点技巧也没有用。如果杜克也一样，那我就有赢面了，但要是他有两把刷子，那我就惨了。我只知道，现在是喝酒时间!”

走到一半，马哈拉威帕追上我们：“等等，雷布，等一下，他同意了，一赔十。”

要命！我重返酒吧。

“马菲斯先生，要我跟杜克比腕力，除了一赔十的赔率之外，我还要求由伊莱记录并预收赌金，然后交由约翰·菲里局长保管和分发。现在就下好离手，赌盘关闭后，我要休息三十分钟。不同意就拉倒。”我说。

所有人屏息以待马菲斯先生的回应，他的回答是伸出手。我们两人握手之后，他从大衣口袋拿出厚厚一沓钞票，放在小柜台上显得摇摇欲坠。

“谁要当第一个下注的人?”马菲斯先生大喊。

全场鸦雀无声，所有人的视线都集中在那沓钞票上，那是绝大多数人终其一生也赚不到的钱。

“各位，拜托一下，对你们的冠军有点信心吧！谁先来？”马菲斯先生拿起一沓钞票在空中甩。大家窃窃私语，但没人站出来。

“谁会是第一个支持冠军的人啊？一赔十哦，就算赌一点点也好啊。”马菲斯继续怂恿。

“我们来。”小小的声音响起。我看到六名酒吧女郎站出来，由露丝带头走向马菲斯先生。她们望向我，我摇摇头，我怎么忍心看她们输掉那点微薄的收入。

“我们要押两百夸加在我们的冠军身上。”露丝把一沓皱巴巴的钞票往吧台上一扔。

伊莱算完钱，马菲斯先生慎重地数出一百张全新的二十夸加钞票。伊莱收好钱，用一张纸全数包起后交给大约翰。

“一百夸加押雷布赢。”杰夫·卑瓦站向前。

这两个赌注打破僵局，大家接二连三站出来。

“我押二十夸加在多可塔拉身上。”“我押十夸加在多可塔拉身上。”“我要出五夸加。”无论赌注大小，马菲斯都全盘接受。每个人放下钱后就跑来祝我好运。素未谋面的人也把希望放在我身上，除了酒吧女郎，看到自己全部的员工也分别下了小小的赌注让我感动不已。就连林贝飞镖队员和腕力选手也选择了我，这让马菲斯感到气恼。

马菲斯继续吆喝，问还有没有人要下注，没人动作。

“最后的机会喽，一、二……”

“我来下最后一注，你还剩多少钱？”我问道。

马菲斯掏出钞票数了数，转向我说：“两千三。”

我把两百三十夸加交给约翰。

“赌了。”我说。

马菲斯把最后一沓钞票交给约翰后说：“你是个笨蛋，多可塔拉，应该见好就收。我还以为你很行，这下我要带走你和你每个朋友的钱。今晚一定会很棒。”他笑得邪恶。

我不为所动，心平气和地说：“你还是不懂对吧？‘输赢不在实力，在决心。’[1]”

我离去前，把酒吧女郎叫到一旁，请她们把伊莱收在吧台中间下方的饮料箱和啤酒箱统统移走，那里有根支撑吧台的柱子，就在我比赛时站立的地方，我要清空那个区域。

我跟医生们回到办公室，乔只花了几分钟就准备好另一盆热水。真是太好了，我的手臂都抽筋了。我把手泡进去，丹用热毛巾敷住我的肩膀，替我按摩手臂。

“给你，”戴夫递给我一罐可乐，“喝两罐吧，糖分对你有好处。”

“费丝的梦境成真了，看来她有预言的天分啊，兄弟。”我说。

“那还用说，但如果费丝是预见你获胜，那就更好了。你现在心情如何？”丹问。

“很紧张，但是好的那种，可以让人发挥出最好的实力。”

戴夫和丹两人同时默默点头。

---

[1] 此句出自马克·吐温，原文为：It' s not the size of the dog in the fight，it' s the size of the fight in the dog.

“出发时间到了就告诉我一声。”说着，我闭上眼睛放松，眼前浮现出即将开始的比赛。我听见伊莱抑扬顿挫地喊着“一、二、三，开——”，“始”才刚冒出他的喉咙，我的手臂就爆发力量，先发制人抢得优势。我看见自己压制住大块头的手臂，他死命抵抗，但不敌杠杆作用，耗光了体力后被我压下手臂。我在脑海中反复演练，同时祈求上天让我发挥实力。

“该走了，雷布。”丹说。

我脑中闪过最后一个念头。我想起露丝和其他酒吧女郎。她们是最没有本钱输的人，却是第一批站出来的人。我想起我的员工，每一夸加对他们而言都极其珍贵，但他们还是投下去了。我想起那些素不相识的人，他们站出来，对我有信心。我不能让大家失望。

我睁开眼睛：“我准备好了。”

我们回到酒吧，一进去，我立刻在吧台后站妥。

“来吧。”我说。

杜克站向前，在我的对面就位，脸上挂着惹人厌的笑容。

“你很快就会笑不出来。”我低语。

我们抓住彼此的左手放在吧台上，我举起右手让他抓——如果你不清楚比赛方式，我可以告诉你，这是比腕力的起手式。杜克握住我的手，我的手往上抵住他的掌心，前臂用力，手腕微微内弯。有经验的腕力选手不会容许这种小动作，一旦察觉就会立刻放手后退，坚持重来。但杜克没有反对，让我心中燃起一丝希望。我们的手肘搁在吧台上，一切就绪，我用右脚勾住吧台的支柱。这是我的第二个优势。不公平？对方让我比了四场，才派出最强的人来抢光大家的钱，算是扯平了。

伊莱握住我们的手，比赛就要开始了。“准备好了吗？”他大喊。我们同时点头，我紧盯着我们交握的手，全场鸦雀无声。“一、二、三，开——”

我左侧的每条肌肉都紧绷着，蓄势待发。在一开始握手的瞬间，我的优势帮助我占得先机。杜克的手腕后弯，他的手逼近我，远离他的身体。一察觉到他的手松动了，我就乘胜追击推高我紧抓着他的手，他失去重要的支撑，我的手紧紧下弯压制住他，他再也不可能反败为胜。我们的手臂偏离我的中心，左倾了五厘米，我取得了杠杆的力量，稳占优势，剩下的就是比耐力了。

我紧盯着彼此颤抖的手，脑中回荡起一阵低吼。我的右手使出了吃奶的力气，但仍撼动不了胶着的双手。两人气力尽出，但紧握的双手除了微微颤抖之外，动也没动。

我往吧台内移动右臂，挺起肩膀，重新绷紧右侧每条肌肉。小腿肌、大腿肌、腹肌和肋骨间的所有肌纤维都集中靠拢，要给手臂肌肉最大的前线支援。我用尽全力得到的效果看起来不大，围观的人可能没发现，但他的手臂又动了一厘米，我又多取得一厘米的杠杆之力了。

时间一分一秒缓慢流逝，彼此的手臂丝毫不动，谁也不肯退让。我的视线停留在我们紧握的双手上，什么也听不见，什么也感受不到，身体其他系统暂停运作，把每一分精力都转送到比赛上。

战况胶着，我运用得到的每一分杠杆之力，肩膀勉力往前推动。我有六厘米的优势，没有理由会输掉这场比赛，只要撑过去就行了。我持续压制，开始感觉到身体的反抗。我有赢的意志，但身体……

我的力气就快耗尽，就是现在，我再次绷紧全身的肌肉对抗他。太好了！他的手臂微微动摇，我再接再厉使劲推进了一点，使出最后的力量一鼓作气向前，砰的一声，他的手倒下了。

我们松开手，我往后倒在地上，动弹不得。一度停工的耳朵听到群众的欢呼，大约翰像捡起破布娃娃般撑着我站起身，和伊莱两人分别高举我的左右手宣示胜利。群众雀跃呐喊、尖叫欢呼，只有两个人高兴不起来：马菲斯先生和杜克。

约翰·菲里示意所有人安静，花了好几分钟才让大家听到他说话："我叫到的人就向前。"

马菲斯打断他的话，尖叫道："他作弊！多可塔拉作弊！我拒绝付钱，赌盘取消，把我的钱还给我！"

现场一片死寂，视线全落在我身上，我无所畏惧地迎战："这是很严重的指控，但出于运动员的良好风范，我就听你说完。你凭哪点说我作弊？你最好想清楚再说，如果是个烂借口，我发誓，我会把你拖出酒吧，狠狠揍你一顿。”

全部视线转往马菲斯先生。

“你、你……呃……你……”他结结巴巴，左顾右盼寻求支援。一个人也没有，就连林贝男孩也怒目以对。他拿出大衣口袋里的手帕擦掉脸上的汗：“你……”

“马菲斯先生，”露丝站向前，“离开我的酒吧，滚！”她指着大门大喊。

马菲斯瞪了她一眼，一言不发地离开，“大猩猩”杜克紧跟在后。两人一踏出门，全场欢声雷动，差点掀翻小酒吧的屋顶。

等现场气氛和缓了一点后，约翰·菲里说：“就像我刚说的，叫到名字的人上前来领你的奖金。”大伙儿乐疯了。约翰示意大家冷静，开始逐一点名。

我把伊莱拉到一旁，请他提供酒或无酒精饮料给大家选。“就说是我请客。”我说。

大家一个个上前领取奖金和冷饮，经过我时，均左手抚着右手前臂向前伸。这是象征尊敬的手势，我有意回敬，但右手动也不能动，再也举不起来，因此，我用左手回握，微微颔首，以示回应。

马哈拉威帕、杰夫、伊莱和丹医生、戴夫医生拿到奖金，纷纷给我一个大拥抱。当约翰念到自己的名字时，他的拥抱差点折断我的肋骨。

女孩们的感激最令人动容。吉尔哭个不停，她押注十五夸加，赢回一百五十夸加，超过她两个月的薪水。她有意致谢，但泣不成声，我只能用左手搂住她，给她一个拥抱。她哭着走开。

酒吧女郎跪着爬向我，低着头，右手向前，我跟着跪下："拜托，好姐妹们，起来吧。"

她们不约而同抬头，双眼红肿，满脸泪水，反复地道谢："谢谢、谢谢、谢谢！"

"好了，小姐们，请起来。"我说。

她们就这样跪着，边哭边道谢："谢谢、谢谢！"

"拜托一下，谁来帮个忙？"丹、戴夫、杰夫和伊莱走过来扶起女孩们。我分别拥抱了她们，她们又是哭泣又是颤抖，我真怕她们会休克。

"最后也是最重要的，这个男人维持一百零一次不败纪录，乔洛县腕力冠军，我们的多可塔拉。"

这是永铭于心的光荣一刻，但今晚的胜利属于所有人，属于所有拿出宝贵身家财产来下注支持我的人。

我的手痛死了。戴夫率先跑回办公室准备冰桶，丹和杰夫则一路护送我回去。我马不停蹄冲过热情的员工，把手浸泡在冷水中，丹同时用冰毛巾敷住我的肩膀，没多久，我的手渐渐麻木，总算不痛了。

我的员工纷纷上前道谢，我与他们又是握手又是拍背，脸笑到都快裂了。大家祝我晚安和有个美好的周末后离去，留下乔和两位医生。

“多可塔拉，需要更多冰块吗?”乔问道。

“谢了，我很好，乔。但我想要喝罐啤酒，冰箱里还有吗?”

他递给我一罐啤酒，我问:“你有下注吗?”

“我给卑瓦先生十夸加。”他伸手探入口袋，抽出一张肮脏的十夸加钞票，和五张崭新的二十夸加钞票。

“恭喜你，乔。你要怎么用这笔钱?”

“我要拿来买食物。”

“食物?”我问道。

“是啊，我哥和嫂子前一阵子去世了，我和妻子把他们的六个小孩接过来照顾。”

“抱歉，乔，我都不知道。你现在要照料几个孩子?”我问道。

“十六个，我自己有六个孩子，哥哥的六个，还有妹妹的四个，再两个月就会变成十七个，我太太就快生了。这笔钱对我家来说帮助很大。”

我靠坐在椅子上思忖乔的处境，以及在我身上下注的每一个人的处境。马菲斯输了一大笔钱，他会不会有事原本跟我一点关系也没有，我也不在乎，但事后回想起输钱的后果，我不寒而栗。

“雷布，你还好吗?”戴夫问道。

“我很好，只是有点冷。”我说。

“该把手从冰水里拿出来了。”戴夫说。

“好主意。该死，这酒真好喝。我这可怜人可以再来一罐吗?”我猛喝手中的酒。

“我去拿。”丹说。

结果，最后一场比赛让我的手臂永远报销了。我剧痛了好几个星期，就连伸手去抓摩托车把手这种小动作也让我挣扎好久。以前每天都做惯了的事现在变得非常困难，而且手臂痛得要死。

随着时间的流逝，剧烈的疼痛终于渐渐变成缓和的不适。此后，只要过度使用手臂或天一冷我的手臂就会痛，我从此再没跟人比过腕力。

每当我纳闷身体为胜利而付出的代价到底值不值得时，我就会回想起我的支持者们拿奖金来做的事。

吉尔买了新鞋和两件新衣服，我还记得她说:“我以前都没穿过新鞋。”

汤姆说他把钱拿来付学费，替两个有幸进入乔洛中学的大孩子买文具。当时他差点没钱送其中一个去上学，他一度很苦恼让谁去上学、让谁难过，他赢得的奖金让两个孩子都能上学了。

约翰·菲里局长拿一部分的钱替他的花园买了杂交种子和肥料。他和家人多买了些肉加菜庆祝，还买了布给太太做新衣服。

我的得力助手杰夫·卑瓦因此能把七个孩子全送去上学，

每一夸加都用来支付学费了。只要孩子们有能力，就有机会接受教育。

我最后想到因惊喜而颤抖、泪流满面的酒吧女郎。我亲眼看到她们紧握着奖金，紧握着这些她们从没碰过的大笔钞票。

值得吗？那还用说！

25　有麻烦？请找艾纳巴达威医生

四个月来，建造药浴池的进度只有一丁点。

照这个速度，我要等到六十岁才能看到计划完成。

一个小小的声音提醒我艾纳巴达威曾经提供的服务。

建造牛场药浴池和恩哥拉（Ngola）一带兽医人员的住所是一项“简单且不复杂的自助计划”，差点让我成为乔洛县的永久兽医官。恩哥拉的牛密集度高，但最近的医疗人员和药浴池远在二十公里外，那些寻求兽医治疗的人根本到不了，于是获准建造药浴池。

建造药浴池和安排驻地动物技术员是必要的计划，也在兽医局的代办清单上躺了超过十五年。年复一年，一事无成，经费永远不够。

我的好点子就是自己筹募资金，募集到的钱用来购买水泥、门窗、铁围栏和屋顶材料。当地人会提供砖块和劳力，顺利的话，四个月就能完工。

我召集村长解释我的计划，大家无条件赞成，之后更得到村民的踊跃支持。我提出资金募集申请，通过之后，不到一个月就募得足够的资金。事后回想起来，这是整个计划中最顺利效率也最高的部分。

在正式接受资金之前，我最后一次回去向村民详细说明整个计划，以及他们负责的部分，也再一次得到积极的回应，不得不说我自己也很热衷。我相信在当地留下长久的贡献是每个和平工作团义工的梦想。一座药浴池和一名动物技术员能替这个地区服务很多年，并改善此地村民的生活。

出于善意，我告诉村民，他们必须先提供五千块砖头，在官方发钱下来前，先挖好建造药浴池的洞。所有工作要在四个星期内完成，否则计划就会被取消。两个星期后，我收到八千块砖头和一个大洞。我们有一个非常好的开始。

在收到钱和最基本的建筑材料后不到一个星期，训练有素的营建人员也抵达了。一个星期后，药浴池、动物技术员的家、两名助理的小窝都打好了地基；两个星期后，八千块砖头砌好了，已看得出五座建筑的雏形：三栋屋子、药浴池和仓库。这个第三世界的开发也没传言中那么困难啊，不然就是我太厉害了，我心想。按照这个速度，只要再过四到六个星期就可以完工，比我预期的时间还早。

我再一次召集恩哥拉村民，赞美并感谢他们的辛劳，同时提出我们还需要一批砖头才能盖下去，他们承诺下一批砖头一个星期内便会送到。

然而，四个星期过去了，砖头一点消息也没有，第三世界快马加鞭的发展速度眼看就要半途而废了。再开一次会，送来了一小批砖头。随着时间流逝，砖头送来的速度愈来愈慢，最后终于停止了。开会也没有用，一星期过去、一个月过去，等回过神来，才发现四个月来的进度只有一丁点。

照这个速度，我要等到六十岁才能看到计划完成。考量到可能我任期结束时计划还没完成，我写了封信给马拉维和平工作团团长，向他说明了这个情况。他的回应简单明了、激励人心，内容大概是这样：“你就一直做到计划结束为止，好好当你的乔洛县兽医官吧。”我坐在桌前，一想到未来四十年都得待在和平工作团，一个小小的声音提醒我艾纳巴达威曾经提供的服务。

我在恩哥拉安排了另一次会议，这次只集合村长和几名热烈支持建筑计划的其他村内领袖。为了确保出席率，我还告诉大家会议上会有免费的啤酒。

我请人送了四桶两百升的啤酒到会场，来的人果然比我邀请的还多。这是我所乐见的，“不速之客”当中有许多人在计划一开始就承诺会帮忙。

四桶酒消耗得很快，等到会议正式开始，所有人都情绪高昂。这次会议就像之前的每次会议一样，都是空谈。我望着前方道路上扬起的一阵尘沙，看了一下手表，一台卡车准时出现了。

在这一带，车子来了不是件寻常的事。恩哥拉远离大马路，罕有人、车经过。风沙引起在场所有人注意，大家默默盯着车子停下来。

艾纳巴达威踏出车子，那身打扮十足巫医的模样：头戴水牛头饰，身披土狼皮，腰系蟒蛇皮带，饰以牛羚尾巴和鸵鸟羽毛，鲜红、亮黄和纯白的符号创造出不凡的视觉效果。

很吓人，要不是认识他，我也会很怕他。他穿过人群，挥舞着手臂吟诵，一手摇晃着骨头袋子，另一手甩动着大象尾巴。

他经过时，大家急忙后退，许多人差点被自己绊倒。他缓慢前进，逐一看着每个人的脸，对着每个人摇晃骨头或拿大象尾巴鞭打他们。最后，他站到我身旁对大家说话。

“这位是我的兄弟。多可塔拉是我的兄弟。你们伤害了我的兄弟。你们承诺给我的兄弟建造药浴池以及动物技术员的住所，我看见各位背弃自己的承诺。你们伤害我兄弟，等于伤害了我。”他一边大喊，一边疯狂地摇晃骨头袋子。

我扫视群众，大家一个个身体紧绷、双拳紧握、面露恐惧，毫无疑问都被艾纳巴达威医生的力量震慑住了。

“听好了，凡是伤害我的人必死无疑。信守承诺，做事有始有终，否则我将下咒于你、你的家人、你的牲畜，让你们死无葬身之地。”他声嘶力竭地大吼，“滚吧！在我动怒杀人之前，离开我的视线！”他跳进群众之中，发出连野生动物都会畏惧的咆哮。

没有人有片刻犹豫，艾纳巴达威医生瞬间清空了会场，只剩下我们两个人。

“你觉得如何？”丹操着被熏陶出来的英国口音，一边问，一边回到我身旁，牵起我的手以示友好。

“我的妈呀，太了不起了。我喜欢你这身打扮。”我回答。

“谢啦，这是玛丽的杰作。偶尔需要加强我的恶名时，我就会拿出来。身体彩绘是费丝和乔伊设计的。”

“棒呆了，我们现在要干吗？”

“走人，虽然目前看不到，但在这里的人都在盯着我们。我们手牵手走回我的卡车，给他们看看我们真挚的兄弟之情。他们一定会以为你有黑魔法，才能靠近我又没被烧成灰。话一定会传出去，在太阳下山以前，答应过要帮忙的人都要累坏了，因为他们赶着明天给营建人员、木匠和泥水匠东西。我相信你明天会有很多帮手和很多砖头。你今晚要不要来我家吃晚餐？”他说。

“谢谢，几点去方便呢？”

“七点左右。”

回到办公室，我要我的营建人员收好工具、水泥，找到建造恩哥拉药浴池需要的帮手，明早他得回去恩哥拉。他抗议说这只是浪费时间和燃料，但我向他保证，我收到高度机密情报，有一个地位崇高的权威人士允诺会给予协助和许多砖头，让计划继续。

当晚，我和丹一家人度过了一个美好的夜晚。玛丽煮了美味的咖喱牛肉。饭后，我跟女孩们共坐，读了两三本床边故事。接着，就是喝茶和下棋的时间了。

隔天早上，Land Rover休旅车一如预期载着工作人员和建筑材料出发了。

稍晚，大叔，也就是我们的休旅车司机回来了，我问他："情况如何？"

"很好，大家忙得不得了，他们要你明天过去看一下。"

我简直等不及明天的到来。

隔天早上，有几个人带着生病的狗上门求医。等我看完最后一个门诊，已经过中午了，我快速打包好前往工地。一到现场，我简直不敢相信自己的眼睛，眼前仿佛有一群蚂蚁正以惊人的速度工作着。砖头被用牛车、手推车，甚至用头顶着送进来；木匠的手不停歇地敲敲打打，泥水匠快速地砌上灰浆和砖头，我的团队看起来既疲惫又快乐。

八个星期的工时只用了一半。四个星期后，计划大功告成，我们举行了剪彩仪式。我非常乐意提供免费啤酒来庆祝我们的新药浴池启用。

后来，我得知计划里的某些人，包括一名重量级的村长在内，在施工期间去世了。很有可能是疟疾、痢疾、艾滋病、寄生虫、酒精中毒或营养不良结束了他们的生命，但艾纳巴达威医生承担了所有罪名。死讯没多久就传了出去，其他人因此工作得更加卖力，艾纳巴达威医生也变得更恶名昭彰。

我离开马拉维一年后，杰夫写信告诉我，恩哥拉药浴池闹鬼的谣言甚嚣尘上。经常有人在晚上看到鬼魂在附近游荡，传闻是艾纳巴达威医生在召唤它们，提醒众人惹恼他的下场。杰夫还提到，其他地方的动物医疗设备经常失窃，但恩哥拉一样东西也没少过。

感谢艾纳巴达威医生。

*

PART 4

生离死别，我将离开

26 短暂的皇后

你为什么要照顾我，把我这个妓女当皇后一样伺候？让我待在有铁皮屋顶的大屋子里，每个房间都有白色天花板，有自己的房间，睡在弹簧床上，家里有水电、冲水马桶和舒服的卫生纸，浴缸大到我可以直接躺进去泡热水澡。

你让我在这里成了皇后。

老妈说过，人生总会遇到这样的日子。

我在滂沱大雨中从乔洛前往姆兰杰，降雨量与日俱增，旅行、走路、工作，甚至是呼吸都要花上比平常加倍的时间和精力。等到收工时，太阳已然西落。我骑上一线道马路时，雨势增强，大雨倾盆而下。

视线模糊不清。我的摩托车经常抛锚停在路中央，只能在车子前后几米的地方各摆放一根树枝，警告来车不要靠近。今晚正是这种时候。

一个多小时的路程，我花了两个半小时才到家。我全身湿冷，狼狈不堪，夜警乔一如往常笑容满面出来迎接我，协助我卸下装备，然后跑去泡茶。等我换上干爽的衣服时，茶盘已经在桌上等着我。

我一边喝茶一边翻阅桌上井然有序的信件，大部分来自马拉维政府，等明天再来处理就可以了。最上头是杰夫的纸条："雷布，飞镖俱乐部今晚在跟布兰太尔队比赛，是一场势均力敌的对决，来喝杯酒。干杯，杰夫。"我瞄向门外酒吧的方向，雨势稍歇，我拿起雨伞，准备前去露个脸。

酒吧热闹喧哗、拥挤不堪，我踮起脚尖想瞄一眼分数板，但看不到。我想来瓶酒解解渴，温酒或冰酒都行——事实上，在马拉维服务的两年期间，我不记得有喝到过难喝的酒，但我实在累坏了，不想进去人挤人，口渴的事只好搁到一旁。

我正要离开，人群中的杰夫发现了我，挤了出来，来到门外跟我一同站在伞下。

"雷布，真高兴你来了，快进来。"

"你疯了吗？里面不可能再多塞一个人了。比赛如何？"

"第一局以些微之差落败，第二局领先中。"

"帮我问声好。我今天好累，先回家了。祝好运，明天见！"

杰夫回到人群中。我才一转身，一个细微温柔的声音叫住了我。我停下脚步，在一片黑暗之中，一个纤细的身影冒雨跑向我。

“苏西，是你吗？”我问道。

她面露忧伤。

“怎么了？”我又问。

“是露丝，她生病了，而且愈来愈严重，我们都很担心她。请你来看一下。”

我跟着苏西进入她跟露丝、南希共用的小房间。我站在门口环顾四周。露丝席地而卧，躺在草席上，头枕在衣服上，萨拉正用湿布擦拭她的脸。尽管大雨连绵，天候不佳，但女孩们把房间整理得一尘不染、干爽宜人。

我跪在露丝旁，手抚上她的额头。

“你感觉如何？”我问道。

她勉强露出一丝虚弱的微笑：“不好。”

露丝正在发高烧，我判断她脱水了。她是如此虚弱，以至于我轻而易举就抱起了她。我请萨拉和苏西带着她的换洗衣物，随着我穿越黑夜，顶着风雨，脚踩泥地回到我的住处。

我小心翼翼地把露丝放在浴缸旁的地上，打开水龙头。我拿干净的床单给女孩们到客房铺床，另外还有干毛巾、浴巾和一块新肥皂，由她们负责替露丝梳洗更衣，扶她回客房床上休息。我则回办公室骑摩托车并拿药。

等我回到家，露丝正舒服地躺在床上，我替她插上静脉留置针输液以防脱水。接着，我帮她检查体温，发现她烧得厉害，又另外在药瓶里加入抗疟药和抗生素。明亮的客房让这个曾经健康活泼的女人更显虚弱消瘦。不难看出她得的是哪一种病——非洲人叫它“消瘦病”，我们称之为艾滋病。

在露丝打点滴时，我让萨拉和苏西到隔壁房间，最后决定酒吧女郎两人一组，白天轮流照料露丝，晚上我会回来协助其中一人。

第二天，露丝病情好转，高烧退得差不多了，输液改善了她的脱水现象，她看起来好多了。晚上回到家，我发现炉子上有锅牛肉炖蔬菜，一旁还有锅饭。我添了两碗拿到露丝房间，来到门口，看见她在闭目养神。我轻敲房门，她立刻睁开眼。

“多可塔拉。”她微微一笑。

“晚安，女士，晚餐准备好了。”我把碗放在床头桌上，拉来一张椅子坐在旁边。

“你的看护跑哪儿去了？”我问道。

“我跟贝儿、萨拉说我感觉好很多了，要她们回家去，告诉南希晚点再过来。有你照顾我，我会没事，她们不用担心。”

吃完饭，露丝问：“我可以看看你在美国的家和家人的照片吗？”

我离开房间，带了一沓照片回来，逐一拿给露西看并解释细节。她每每回以温柔的微笑。我专心展示照片，没察觉南希站在我身后。

我不好意思地问："南希，你站在那里多久了？"

"几分钟而已。"

"拉张椅子一起坐。"我邀请她。

看完手中的照片，我说："今晚到此为止，该睡觉了。"

露丝的日间照护包括洗热水澡，注射抗生素和抗疟药。她有相当杰出的护理团队。酒吧女郎无微不至地照顾露丝，她们不只是好姐妹，更是战友，每个人都在那张床上看见了自己的身影。露丝总是叫她们早点回去，我们两个会聊天看照片打发时间。

第四晚，我告诉露丝明天我要到远一些的地方出诊，不会在家吃午餐，但晚餐时间会回来。这不全是实话。

隔天，我的确很忙，但不是忙工作，而是为露丝安排后事。即使我不是医治人类的医生，也知道病人时日不多。我依约在晚餐时间返回。吃完饭，洗好碗盘，我询问露丝是否有任何特别的要求。

"多可塔拉，你可以带我去外面看星星吗？"

我从客厅搬了张椅子到门廊上，铺好毛毯和枕头，拦腰抱起露丝来到门外。她好轻，比五天前我从她房里草席上抱起她时还要轻。我小心翼翼地把她放在我准备好的椅子上，用毛毯盖住，再拉来另一张椅子，坐在她身旁。

那一夜，星光璀璨，我们两人静静地仰望美丽星空。

我们很幸运，长久以来第一次，得以看见如此清澈的夜空。远方传来附近村落的音乐声。

露丝打破沉默：“多可塔拉，你为什么要照顾我？”

我思忖片刻，发现自己无法给出简单的答案，反问：“我病重时你为什么照顾我？”

“哦，多可塔拉，”她微微一笑——能看见她的笑容真好，“你这个‘白人疯子’，你真的不知道吗？你是唯一真心对待我和女孩们的男人，不断付出却不求回报。不收房租让我们住进你的佣人房；我们生病时给我们药；酒吧生意冷淡时送食物到我们房间；花时间指导我下棋，并训练我打败一个男人；给我们保险套保护自己。”说到这儿，她呵呵直笑，“还记得和平工作团的贝蒂护理师来办公室找你时，你得解释为什么需要用掉这么多保险套吗？”她哈哈大笑，倏地转为剧烈咳嗽，咳到见血。

等到她停止咳嗽，平缓气息后，我说：“我当然记得，我可是精力充沛的爱人——像公牛般强壮，却又亲切温柔。”

露丝被逗得呵呵直笑，然后又是一阵剧烈的咳嗽和吐血。她边咳边说：“别说了，多可塔拉，我不能再笑下去了。”她平静下来后，看着我说：“我为什么要照顾你？万一你死了，一部分的我也会跟着死去。”

我无言以对。露丝打破沉默：“你还是没回答我的问题。你为什么要照顾我，把我这个妓女当皇后一样伺候？让我待在有铁皮屋顶的大屋子里，每个房间都有白色天花板，有自己的房间，睡在弹簧床上，家里有水电、冲水马桶和舒服的卫生纸，浴缸大到我可以直接躺进去泡热水澡。你让我在这里成了皇后，噢，但愿我村里的人能看见我现在的模样。”

我瞄了眼她的脸，她正咬着颤抖的下唇。我拿出口袋里的手帕，拭去她滑落的泪水：“露丝，我照顾你是因为我喜欢你。”

她似乎满意了，沉默良久后又开口问：“你觉得上天爱我吗？”

“为什么不爱？”

“多可塔拉，”她轻声一笑，“你一定有发现我过着不道德的生活。不知道天堂有没有给妓女住的房间。”

我妈常说：“玩笑话里藏着真心。”露丝知道自己将不久于人世，看得出来她在害怕未知的世界。

“握着我的手，朋友。”我伸手去牵她的手。

“我不是专家，但我知道上天对世人是平等的，这是真的。上天的爱如此强大，不管受到什么样的伤害或失望，他依然深爱我们，希望我们好好生活，他在你心中。我看到了，你不该有一丝怀疑。敞开心胸，就像你赢棋之后跟我说话那样，跟他说话，他会听见你的。”我说。

露丝一言不发地凝望着满天星辰。不久，她唇角微微勾起一抹微笑，说：“我想休息了，可以请你带皇后回房间吗？”

“立刻照办，皇后陛下。”我温柔地抱起她。

“多可塔拉？”

“什么事，陛下？”

“如果我是皇后，你就是我的国王。”她粲然一笑，美丽动人，头轻枕在我的肩上。

“谢谢你，陛下。”我回答。

我心中满溢悲伤地将露丝放回床上，并祝她有个好梦。南希来了，舒服地躺在露丝床边的草席上。我曾提议在露丝旁边另外安排一张床，被她们拒绝了。我猜想，她们想让露丝有皇后的感觉。

隔天早上，我不需要闹钟，黎明即醒。无论何时入睡，曙光乍现时我都会自然苏醒，我最爱透过窗户欣赏地平线上的光线变化。

在这个特别的早上，一个熟悉的朋友栖息在前院的桃花心木上。

“嗨，朋友，你又回来了。再一次带来悲伤的消息。”

猫头鹰瞥了我一眼，随即展翅高飞。讯息送到了，美丽可人的露丝走了。

我凝视日出，三个星期以来，第一次得以好好欣赏日出。同时，我听见隔壁房间传来南希低微的啜泣声。

别了，我的皇后，安息吧！

27　她的告别式

这是个奇特的早上，也是我两年服务期间难得清静的一天。

没有上门求医的动物，村里也没有任何求助的讯息。

电话线路畅通，却一声也没响。

我换好衣服，缓缓走向客房。房门紧闭，但听得见南希的哭声，我敲敲门："我是雷布，南希，我知道露丝的灵魂走了。"

南希打开门，我站在原地看着露丝。她双眼紧闭，嘴角微微上扬，露出一抹温柔的微笑，两手交叠放在腹部，看起来，她是在平静的状态下离开的。但愿真是如此。

我发现自己忽略南希了，转身问道："你还好吗？"

一问之下，一直压抑情绪的她终于崩溃，扑倒在我的怀里哭泣。

“她是我最好的朋友。”她啜泣着说，接着号啕大哭。

痛哭过后，南希紧紧搂了我一下，拍拍我的肩，接着退了开来。

“我很好，谢谢你。”她说。

“你确定？”我递出手帕。

“是啊。”她擦擦脸颊，“现在怎么办？”

“我需要你和其他女孩替露丝换上她最好的衣服和花布。我明天早上十点左右，会开着休旅车来接露丝和有意参加告别式的人。我接受过成年礼见证人的训练，有资格主持丧礼。”我说。

南希离开去拿露丝的衣服，我关上门，开始重要的仪式——为亡魂送行。我花了一个多小时吟诵祷告，其间也加入几句基督教的祷词。送走露丝的灵魂后，我满意地离开客房。

我回到办公室，消息在我抵达前先传到了，气氛一片沉重。大叔一如往常坐在吉尔的桌前。

“大叔，你可以到我办公室来一下吗？”

“好的，多可塔拉。”他跟着我走。

“大叔，我们今天要出一趟远门。油箱里还有多少油？”

“大概还有四分之三。”

“很好，请你先去一趟博塔先生的木材店载我订好的棺木，送到我家，在私人车道等我。好吗？”

“交给我吧。”

“谢谢。”

真不敢相信露丝走了。这是个奇特的早上，也是我两年服务期间难得清静的一天。没有上门求医的动物，村里也没有任何求助的讯息。电话线路畅通，却一声也没响。

我等到十点十五分才离开，回到家跟南希、苏西、萨拉、贝儿和罗丝会合，所有人穿上最好的花布，手捧一束鲜艳的花朵。我示意大家在外头稍候，我和大叔把棺木搬进客房里，放在露丝安息的床旁。女孩们细心地为露丝穿上亮黄色衣服，以及印有非洲草原的花布。

我还得执行最后一项仪式。大叔离开房间后，我关上门，轻轻地把露丝放入棺木里，念最后的祷文，仪式到此结束。钉上棺盖后，我们把棺木移入车子，等所有人都坐进后座，我跳上前座出发。

在马拉维，告别式是死者整个家族、亲朋好友都要参加的大型仪式，哀悼者数以百计，但露丝生前要求只让至亲家人参加。我们在一座可以俯瞰前草河的小山丘上举行告别式，这里是一处私人小墓地，以马拉维的标准来说，所费不赀。说来讽刺，一名贫穷的酒吧女郎有如皇后般逝去，和当地的名门富豪同葬一处。

我念了自己的祷文，出席者逐一与露丝道别，女孩们把美丽的花抛在棺木之上后，各自躲到休旅车附近哭泣。

“一切都还好吗？”杰夫在我回到办公室后问道。

“好得不能再好。今天有什么事吗？”

“没，很平静的一天。”

最后两小时缓慢地过去了，我无所事事。祖母常说：“我们活在回忆之中。”这个下午，我都沉浸在跟露丝有关的回忆中。

杰夫轻声说话，把我拉回现实：“我要走了，雷布，明天见。雷布，你还好吧？”

“抱歉，杰夫，你说什么？”

“我说，我要走了。你最好也回家吧。”

“好主意，明天见。”

他似乎在担心什么：“你确定你没事？要不要我晚点过来，或是留下来过夜？”

“我很好，露丝永远不会伤害我，谢谢你的担心，你真是个好朋友。”

“最后一件事：不愿哭泣的孩子会死在母亲的背上。晚安。”他怎么知道我还没为露丝哭泣？

我回到家，满脑子想的都是那个聪明伶俐、工作认真又充满爱心的女孩。她十四岁结婚，十七岁离婚，然后在二十三岁死去。我们痛失了一个人才。

我坐在餐桌前，吃着索然无味的食物，煮了杯浓烈但喝起来像水的咖啡。我逼着自己吃完饭，洗好碗盘之后，来到客厅休息。我打开书，同一段文字读了四次却半句也没进到脑子里。知道再读下去也没有用，再说我也累坏了，因此我决定早早上床就寝。

我躺在黑暗之中，回忆如潮水般涌上，我终于哭了。为了露丝，为了其他酒吧女郎，也为了那些有生之年无法发挥才能的人。我为这片美丽大地的残酷哭泣，任由悲伤淹没了我。

我起先毫无睡意，随着夜色逐渐深沉，终于迷迷糊糊睡着了。隔天一早，我睁开眼睛，凝望着被曙光微微点亮的天花板。我没有做梦，显灵或天启之类的什么也没有，难道说睡觉本身也是一种征象——是这样吗？我睡得相当深沉平稳，我得承认我感到有点失望。

照射进房间的光线越来越强烈，该起床了。我起身换好衣服，一如往常去拿柜子上的皮包和钥匙，却发现钥匙旁放了两样特别的东西。住在非洲那么久，也知道生活中会发生难以解释的事。我对着露丝留下的记号微微一笑。

我愉快地将东西放进口袋，来到办公室，开开心心地跟大家打招呼。一开始，大家被我搞糊涂了，但没多久就被我的好心情感染了，整间办公室充满平时叽叽喳喳的欢乐声。

“早安，杰夫。”我探头进杰夫的办公室。

“早安，雷布，你今天看起来心情很好。”

“是啊。我问你，你每天早上都会看到要下班的乔，对吧？”

“是啊，我今天早上看到他了。”

“他有没有提到昨晚的事？比如看到什么奇怪或不寻常的事？”

“听你这么说，他的确有谈到昨晚英国海外军政总署比平常更安静，我记得他还用了‘宁静’这个词。怎么了吗？”

“只是好奇。跟我来，你可以在我的办公室发现一件很有趣的事。”杰夫跟在后头。

“有看到不一样的地方吗？”我看着他环顾四周。

“没有啊，看起来就跟平常一模一样。”

“仔细看清楚我的桌面，说说你看到了什么，有什么地方不一样吗？”

我看着杰夫扫视桌面，他起先摸不着头绪，接着神色一亮：“是你的棋盘。”

“棋盘怎么了？”

“少了两颗棋子，白色国王和黑色皇后不见了。”

“没错。”我伸手从口袋里拿出那两颗遗失的棋子，“露丝昨晚把这两颗棋子放在我的柜子上。”

我把黑色皇后放回她的位置，一旁是白色国王，耳边响起她的话：“如果我是皇后，你就是我的国王。”

28　洒在水面上的面包

“我相信你，多可塔拉。”这位非洲智者说完，跟着跪在我身边，一手抚着我的肩膀，“我曾说过，狗狗会回报你的恩德，它们会永远守护你！”

我停好摩托车，抓起医药箱冒雨走回办公室。雨衣派不上用场，反倒积了一堆水在里面，靴子里积满了水，每走一步就扑哧作响。接连下了八天的雨，我已经受够了，我讨厌陷入泥巴里，讨厌浑身湿透，讨厌艰难的路况，最讨厌的就是“股癣”发作。

吉尔走进我的办公室，瞄了我一眼说：“我马上去准备热茶。”

杰夫跟着出现。“情况如何？”他问道。

我凝视着窗外不曾停歇的连绵大雨，说：“糟透了。大雨把卡拉先生盖的牛棚冲进阿科斯塔的玉米田里去了，一点遮盖都没有，卡拉的母牛又不肯起来，只好把它拖到高一点的地方。它在泥地里打滚了两个小时，小牛还是拉不出来。很遗憾，我不得不在恶劣的环境下，冒雨执行剖宫产，小母牛很可能感染肺炎死亡，或被淹死。”

“你知道最好笑的部分是什么吗?”我问。

“是什么?”

“在美国还有人觉得非洲都不下雨呢！更好笑的是，我明天要冒着豪雨去乔洛陡崖。可恶，再不解决胯下痒的毛病，我要疯了。”

隔天，我在破晓前出发，路况跟预期的一样糟糕，车子在一挡和二挡会打滑，偶尔可以换到三挡，但好景不长，随即又得降挡，在泥泞之中艰难前进。有时我甚至得下车，推着勉强维持在一挡不熄火的车子前进。

尽管天气恶劣，我还是做完了一大堆工作。第三天傍晚，我巡视完毕，感到精疲力竭，把摩托车转向姆津巴大夫村落的方向，骑车出发。

只要想到有热腾腾的晚餐、茶和温暖干爽的客屋，能跟挚友谈心，还能睡上一晚好觉，我就感到一股温暖，重新上紧发条，一鼓作气骑车上山。原本就崎岖的山路因为倾盆大雨变得更加难行，入夜之后更是雪上加霜。四十分钟内我就摔倒了四次，浑身湿透，寒冷刺骨，心情糟透了。我持续前进，车尾一路摇摇摆摆。狭窄小路两旁是陡峭的堤岸，雨水汇流成河，淹没一半的路面，我涉水前进，水渗透我的靴子、我的裤裆、我的背，雨打在身上又落下，从脚边汩汩流过。连教官听了都会脸红的脏话已经来到嘴边，前方突然出现不明物体。我停车，拨去安全帽面罩上大滴的雨水。

在车前大灯的照射下，一只土狼挡住了我的去路。我看着它无惧于车灯和轰隆的引擎声，朝我步步进逼。我按住喇叭，喇叭长鸣一声，但土狼不为所动，仍旧缓慢前进。真奇怪，我以前也遇到过土狼，只要一按喇叭，它们就会被吓跑了。接着我看到土狼口吐白沫和血液，眼神空洞——是狂犬病！

我尽可能后退，和土狼保持距离。路面湿滑泥泞，我跑不了，道路过于狭窄，车子转不过去，堤岸太陡，摩托车也上不去。唯一的办法就是丢下摩托车逃命，但愿那只土狼会被灯光吸引过去，没空理我。

土狼发出凄厉的嚎叫，咯咯地咬牙。我正要拔腿落跑，突地，笨笨和跳跳一左一右跳了出来，挡在我和土狼之间，绷紧肌肉弓起背，龇牙咧嘴地坚守阵地。

双方打得激烈，画面血腥，狗狗以惊人的速度和耐力迎战，一次也不曾哀号。在摩托车的灯光之中，一场生死大战在我眼前展开，土狼最后倒下死亡，狗狗也消失不见了。我不停呼喊，但怎么也找不到它们。

我骑在湿滑的路面上，一路摇摇晃晃地赶往姆津巴大夫的住处，心脏扑通狂跳，我估计狗狗会需要缝合、抗生素、狂犬病疫苗和休克疗法，我在脑中事先拟好疗法，只要一抵达就能快速有效地治疗它们。我一定要救活守护我的狗狗们，我亏欠它们太多了！

来到姆津巴大夫家，他正坐在屋外门廊的椅子上，我激动得差点把车骑到他的大腿上。我跳下车，上气不接下气地用英语夹杂着齐切瓦语解释我刚目睹的一切，就不知道他听懂了没有。

“跟我来，我带你去看狗狗们。”他平静地说。

我拿起医药箱跟着他来到屋后。他停下脚步，指着两座坟墓。

“笨笨和跳跳就睡在那里。三天前，山里来了一群土狼攻击我们的牛，笨笨和跳跳以一当十，赶走土狼救了牛。如果你看到小狗们战斗的模样，一定会引以为傲，多可塔拉，可是它们没能撑过来。”他流下泪，“因为负伤过重，没多久就死了。我们没时间通知你。”

我难以置信地摇摇头：“不可能，十五分钟前它们才救了我。我知道是它们。我看见它们了。”

我丢下箱子跪倒在地，捧起两座坟墓上的沙土，转向姆津巴大夫：“一定是它们。”我的泪水混入滂沱大雨之中。

“全国上下没有其他狗长得像笨笨和跳跳一样，一定是它们，我说的是事实，我看见了！”我哽咽着争辩。

“我相信你，多可塔拉。”这位非洲智者说完，跟着跪在我身边，一手抚着我的肩膀，“我曾说过，狗狗会回报你的恩德，它们会永远守护你！”

29 黑色皇后的临别礼物

格雷西是个特别的女孩，不该就此被埋没……我把存下来的钱全数给了安修女，让格雷西能留在学校。请你确保格雷西能继续求学，成为她自己的英雄。多可塔拉，别让她担忧自己的行李会被丈夫丢在门外。

我坐在桌前处理事情，希望能在义工任内最后几个月完成，突然听到办公室外传来杰夫的声音："这边请，小姐，请跟我来。"紧接着是一阵敲门声。

"请进。"我说。

"雷布医生，有位格雷西·巴拉卡小姐想找你说话。"

我从椅子上起身，前去迎接站在杰夫身旁的小女孩。她穿着圣心教会小学的制服，这所学校就位于乔洛县外。

"你好吗？"我伸出手。

“我很好，你呢，多可塔拉？”她回答。说着，她握住我的手，微微屈膝行礼，年纪虽小，举止却相当得宜。

“我也很好，格雷西小姐，请坐，要来杯茶吗？”

“不用了，谢谢。我来这里是想请你和我对战一局。”她说。

我大吃一惊：“你会下棋？谁教你的？”

“露丝。”

“哦。”我瞄了眼桌上的棋盘，视线停留在黑色皇后上。自从露丝死后，我再也没碰过棋盘。

“露丝说，等我准备好，就可以来这里找你对弈。她昨晚来到我梦中，要我转告你，日子还是得过下去。”格雷西说。

日子还是得过下去。嗯，“明天”的正面意义——好消息是，永远都会有明天。我莞尔，这是死后的露丝给我的鼓励。

“你很厉害吗？”我问道。

“只有一个方法可以知道，来下棋吧。”

傲慢的小家伙，我心想，完全是露丝会说的话。

“你爸妈知道你在这里吗？”

“我征得他们的同意才来的，我得在天黑前回家。”

“你的村子在哪儿？”

“我父亲是格雷·巴拉卡，你来过我家好几次。”

“我认识你父亲。你家有棋盘吗？”

“父亲替我做了一个，我会跟同学一起下棋。”

“我要去你家附近替几头牛做检查，我先送你回家，工作完我再过去找你下棋，如何?”

“你是说我可以坐你的摩托车?”她瞪大眼睛。

“是啊。”

我把医药袋牢牢绑在车上，让格雷西坐到后座，要她抓紧我的腰。一开始，她拘谨害羞地轻轻抱着我，等车子发动驰骋而去，她便像条蟒蛇般紧紧抓住我。

四十分钟后，我们停靠在她家前面，那是一栋简单的土屋。我扶她下车时，格雷西的母亲埃德娜出来迎接我们：“谢谢你送格雷西回来，多可塔拉，她的棋艺如何?”

“我们还没下棋，我不想让你们担心她天黑前能不能回家。我在附近有工作，回头会来拜访，到时再下棋。”

我再回来时，发现一棵大鳄梨树下摆了张小桌子，格雷西正坐在桌边摆设棋盘。

我端详眼前的棋子。格雷西的父亲格雷亲手打造了这些棋子。宛如非洲王族的国王和皇后，塑造成灵魂舞者模样的主教，有着狮头的骑士，像小土屋的城堡，士兵是一个个拥有不同面貌的头。手工粗糙，但每一个棋子都灌注了满满的爱。

“你父亲做的这些棋子非常漂亮，格雷西，太棒了。”

她笑逐颜开，我拿起黑色和红色的士兵，在背后互换藏在手心里，接着伸出紧握的双拳：“你选吧。”

她轻拍我的右手，我摊开手心，是黑色士兵。我移动第一步棋时，格雷西的母亲在我们旁边摆了一张小桌，泡茶给我们喝。

我的战略是在四步之内，靠皇后和主教打败格雷西。我走到第三步时，她咯咯直笑。

“有什么好笑的?”

“露丝说，你喜欢速战速决，你得拿出更好的实力，多可塔拉。”说着，她移动她的骑士挡住我的下一步。

“她还教了你什么?”

“等着看。”

三步之后，她取走我的皇后，大喊：“将军!”她再次咯咯直笑。

“我也可以拿走你的皇后，这样你就没好处了，你知道吗?”

“知道。露丝说，你惯用的手法之一，就是提前牺牲皇后，用来打击对手。她要我抢先下手。”

“有意思。你多久下一次棋?”

“每天。”

“成果如何?”

“大部分都是我赢，偶尔会和局。”

“没输过?”

“一次也没有。”她从棋盘上抬头，脸上的神情似曾相识。在我的回忆里深埋着一张同样的面容，露丝决心要打败泰德·可摩时，我在她的脸上看到同样的坚毅。棋局持续进行，我发现格雷西小姐绝非泛泛之辈。

“格雷西，你长大后想做什么？”

“我想当护理师或老师，我想帮助别人。”

“有想过当医生吗？”

“不可能！”

“为什么？医生也可以助人啊。”我边说边端详棋盘，走完棋步抬起头，发现格雷西瞪大眼睛看着我。

“你真的觉得我可以当医生？”

“谁知道？只有聪明出众的人才有资格。如果不去试，永远不知道。换你下了。”

她神采飞扬地继续下棋，半小时后，她移动主教，笑得邪恶。

“你笑什么？”

“你没发现吗？多可塔拉，你完了，我再走五步就将军了。”她自信满满地说。

我带着同样邪恶的笑容，移动下一步。

她打量棋盘，垮下脸。

“我哪个地方疏忽了？你想拐我上当吗？”她问道。

“玩下去就知道了。”

四步后，我困住她，将军！

她当场悔恨得快要哭出来：“笨蛋笨蛋笨蛋，我真是个笨蛋！”

“别太自责，输掉比赛又不是世界末日。”看格雷西不信我，我接着说："你是个令人敬佩的棋手，你年纪还小，学棋的时间又短，你应该为自己感到骄傲。我知道露丝一定会的。"

她神情一亮："你真的这么想？"

"是的。"

"再下一盘吧。"

"抱歉，今天没时间了，我改天再来，到时我们可以玩很多局。"

我向提供茶点的埃德娜道了谢，检查了一下牛，又跟格雷聊了一会儿后，骑车回到办公室。

当天下午，我就联络了圣心学校校长安修女。安修女出生成长于希雷河谷下游的大象湿地，是马拉维当地的修女，和我是老相识。她的心胸就像湿地一般宽广，不但悉心呵护自己的九只狗，还主动留心员工的宠物，要它们都接受应有的动物治疗。她每个星期都来我的办公室，是我的忠实顾客之一。

"不好意思，修女，可以跟你说句话吗？"我站在她办公室门外说。

"当然可以，进来坐，我正要喝茶，要来一杯吗？"

"麻烦了。"

我们各自喝了一口后，她微笑："今天怎么会来？"

"我想了解一下你的其中一名学生，她叫格雷西·巴拉卡。"

“我们的小棋后！你知道我们没人能打败她吗？连我们那位自诩为高手的自然老师顶多也只能跟她比到和局。”

“她非常聪明。”

“没错，格雷西是老师们眼中的理想型学生，天资聪颖、个性积极、活泼开朗，做事也认真，拥有无限潜能。”

就是那个——潜能。

“接下来我要问一个私人问题，如果你觉得我多管闲事了，请尽管说。我昨天去格雷西家下棋，就我感觉，她家应该负担不起学费，他们是怎么付的？”

“非常困难，竭尽所能还是不够。学校所有人都以格雷西为荣，想尽办法让她继续接受教育。大家对她有着极高的期望，但下学年就难了。”

“为什么？”

“这是她最后一学年。露丝小姐资助格雷西参加了圣玛丽中学的入学考试。五百名考生中，格雷西以高分位列第十四名。露丝小姐付了入学订金，但格雷西得在开学前缴齐剩下的学费。”

“圣玛丽？在林贝的寄宿学校？她父母都付不起这里的学费了，怎么可能负担得起一间寄宿学校的费用？”

安修女莞尔：“想想野地里的百合，多可塔拉，你记得这一段话吗？”

“因为生命胜于饮食，身体胜于衣裳……这是很重要的原则，但是，修女，原则付不出学费、房租和伙食费。”

“一点也没错，所以我们必须心存希望，祈祷出现一条明路。”

“恕我直言，但希望终究会落空。上天已经赋予我们能力，再多就是奢求了。”

她从抽屉里拿出一封信说：“这是某个了解你的人留给你的信。”

我展信阅读。

多可塔拉：

等你来找安修女的那一天就会看到这封信。格雷西是个特别的女孩，不该就此被埋没。你一定会发现，一定会来。我把存下来的钱全数给了安修女，让格雷西能留在学校。请你确保格雷西能继续求学，成为她自己的英雄。多可塔拉，别让她担忧自己的行李会被丈夫丢在门外。

保重

露丝

我盯着信不发一言。安修女察觉到我的沉默，不安地说：“暗自盘算是豺狼的行为。”

说到豺狼我就想到葛兰·马菲斯。我活动右臂，嗯，还是会痛。我知道该怎么做了。

“谢谢你的茶，修女，我们应该很快就能再见了。”

“你还好吗？多可塔拉，你好像见鬼了一样。”

“的确是，修女，我看到了黑色皇后的灵魂。”

回办公室的路上，我已想好策略。多亏了那个浑蛋葛兰·马菲斯的慷慨，格雷西有了第一笔就读中学的资金。她还需要更多钱，但我的任期已经快结束了。寄封信到美国或英国至少也要三个星期，要解决格雷西的问题时间紧迫。

隔天，我到卡布库教会医院找戴夫·伊华班尼医生。他正在治疗门诊病人，好不容易才和检查室门口的我对上眼。

“唷，我的好兄弟雷布医生！快进来，转一圈让我看看你。”他指着我说。

我走进去，乖乖转了一圈。

“转圈干吗？”我问道。

“我得检查一下啊。你今天看起来很好，你老是受了伤才跑来找我。”

“很好笑。”

“显然你不是来找我治疗的，而且你看起来和平常很不一样。有什么事吗？”他把注意力转回坐在检查桌上的病患。

“我认识了一个新朋友，棋艺高超，她想和你比一场。我想跟你约星期天，你会来吧？”

“可是我没有交通工具，抱歉。”他随意的口吻一转，字正腔圆地说，“我无处可去，整天都在，不要太早来，这样你跟你朋友还可以留下来吃午餐。”

“好极了，那就星期天见了，耶！”

回办公室途中，我绕到格雷西家和她父母商量，希望能为格雷西引见一位非常重要的人物，让两人对弈。我征得他们的许可，星期天上午十点左右来接格雷西，晚点再送她回家。

星期天早上十点半左右，我骑车载着格雷西来到卡布库教会医院广场，戴夫正在家休息。我介绍格雷西给他认识："这是我提到的那位神秘冠军，准备好对弈了吗？"

"我准备好了。你多大了，孩子？"

"我十二岁了，先生，刚读完六年级。"

戴夫狐疑地瞄了我一眼，我只是笑了笑，耸耸肩。

戴夫在门廊摆设棋盘，对弈开始。他步上我的后尘，过于轻敌，追求速战速决。她机敏地反攻，像只鲨鱼追着海豹般追杀他的棋子，我看着他不停撤退。天气并不炎热，他的额头却冒出豆大的汗珠。

九十分钟后，比赛以和局作收。

"格雷西小姐，你下得真好。"戴夫伸手越过棋盘。

"谢谢你，伊华班尼医生，你人真好。"她真诚地说，"希望改天能再下一盘。"

"好呀。"

"格雷西，我想私底下跟戴夫医生说几句话，你可以先离开几分钟吗？"我说。

她走后，我转向戴夫："你觉得她怎么样？"

"老天，她太聪明了！我在她这个年纪都没这么厉害。"

“很高兴你这么想，我需要你的帮忙。”

“哪一种忙？”他机警地问。

“她来自非常贫穷的家庭，要出人头地就得完成学业。她以出色的成绩通过了圣玛丽中学的入学考试，一名教她下棋的女士替她付了入学订金，可是家人付不出学费，更别提房租和伙食费了，接下来要靠你了。”

“你要我付钱？”

“老天，不是！我是要你当她的经济监护人。我计划在美国或英国帮她找赞助者，但需要一个管理资金的负责人。资助者不管是个人还是团体，都会想要确保钱是全数用在格雷西的教育上。我再过几个月就要离开这里，我想不出比你更可靠的人。”

他显然被激起了兴趣：“你打算怎么做？”

“我们开设一个银行账户，你从账户里拿钱出来付格雷西的学费，让赞助者知道最新的支出情况，最好定期寄出进度报告，你本人偶尔写封信也不错。还可以鼓励格雷西跟赞助者通信，让他们直接感受到钱花得有价值。你觉得呢？”

“算我一份。你去找赞助者，剩下的交给我。”我们谈定握手，我跑着离开。

第一件事就是信件攻击，我寄出一大堆信，回信也接二连三，但内容大同小异：“很抱歉，我们不赞助这方面的事。”被拒绝多了，我很不切实际地想求助于自己的爸妈。把五个孩子拉扯到大学毕业，两老也没多余的钱，但时间就快不够了。我正要写信给我爸妈时，收到了一封来自马里兰州（Maryland）巴尔的摩（Baltimore）的艾伦·布朗太太的信。

雷布汉医生您好：

很抱歉我们的理事会不久前拒绝了你为格雷西·巴拉卡的教育基金所提出的募款申请。你的来信情真意切，信里关于格雷西小姐的处境也令我感动，但我在投票上输了，很遗憾，按照我们薄弱的组织规章，我们的理事会驳回了你的请求。

多年前，我也遭遇到了跟格雷西小姐相同的困境。如果不是有位陌生人的帮助，我就无法完成学业，现在也不会成为一名教师。我很高兴现在换我来帮助格雷西小姐。

请写信告诉我如何提供资金，我很期待收到伊华班尼医生的消息以及格雷西小姐、她的家人和她成长环境的照片。

艾伦·布朗敬上

“哦耶！太好了！”我在办公室里手舞足蹈，和杰夫擦身而过，冲向摩托车。

“雷布，你还好吧？”他在我身后问道。

“好得不得了！我得走了，这里交给你啦！”

我登门带来好消息时，格雷西和妹妹安琪儿正在帮母亲准备晚餐。格雷坚持留我一起用餐，我照做了。一如往常，晚餐被吃得一干二净，不留半点剩菜剩饭。

在女人们收拾善后的同时，太阳宛如被投入贩卖机的硬币般快速落下。晚上刚过六点，我和巴卡拉一家围坐在小火堆旁谈天说地。格雷要孩子们说说每个人在学校发生的事，等到孩子们说完，埃德娜的父亲，也就是孩子们的外公摩西·班达说了一个故事，是他年轻时从一位智者那里听来的——

有一天，狮子、水牛、鹳鸟、蛇和老鼠一个接一个走在穿越森林的小路上，彼此保持一定的距离，不近也不远。老鼠特别小心，以免超过在它前面滑行的蛇。

先前，一场暴风雨打落树干，树干掉在一个被湍急的河水冲刷出来的深坑里。动物们接二连三掉进坑里，爬不出来。

狮子想趁水牛杀了自己之前，先咬住水牛的喉咙；水牛想趁狮子杀了自己之前，先一脚踩死狮子。鹳鸟想先抓住蛇，蛇想咬住鹳鸟的背。老鼠心想：我死定了。

动物们围成一圈移动，一个逼近另一个，紧盯着眼前的威胁。只有老鼠除外，它威胁不了任何动物，眼前都是危险。大家都在等着看谁会先动手，这时，鹳鸟傲慢地嘎嘎大叫："如果我们能撇开恐惧，就能联手合作离开这里。"

所有动物咕哝着、嘶鸣着、吱吱叫着纷纷表示同意。大家苦思对策，最后鹳鸟低声鸣叫，仿佛若有所思："我站在水牛头上，蛇缠住我的脚，我用嘴叼着老鼠，水牛把我甩向空中，我们三个就能飞出洞口，然后再去求援。你们觉得呢?”大家想了许久，互换担忧的眼神，但也别无他法，只能同意。

经过多次尝试——老鼠担心鹳鸟会不小心或故意吞掉它，蛇担心缠住鹳鸟的脚会害它飞不起来，鹳鸟终于被抛出洞口，尽可能达到飞行的高度。计划非常成功，这个不可能的组合成功抵达地面，鹳鸟一路飞着，找到了一名农夫，三只动物恳求农夫帮忙。

农夫说狮子杀了他的牛，水牛踩坏了他的作物，蛇和鹳鸟杀了他的小鸡，老鼠吃掉了他的谷物:“我不能帮你们，我得快点播种，就快下雨了。”

鹳鸟叼着老鼠，脚上缠着蛇，继续飞行，找到了另一名农夫。三只动物解释了他们的困境，农夫的回应也是一样。三只动物锲而不舍，恳求了一个又一个农夫，得到的答案都是:“不行。”

太阳西落，三只动物都很难过，他们找到最后一名农夫，并恳求他。农夫看得出来，鹳鸟已经累到飞不动了，蛇也快撑不下去了，再这样下去，老鼠也会死在鹳鸟嘴里。他说，狮子也杀过他的牛，水牛也踩坏过他的作物，蛇和鹳鸟也吃掉了他的小鸡，数以千计的老鼠把他的谷物变成了老鼠屎，他也得趁下雨前播种。

“不过，我会帮你们。”他最后说。

农夫拿起锄头，带着两个年轻的儿子，随着鹳鸟、蛇和老鼠来到大坑前，他指示儿子去找食物给狮子和水牛。“你们太大了，我和我的儿子拉不动你们，必须挖出一个斜坡让你们自己爬出来。”农夫说。

他们不分昼夜连挖了好几天。这段时间，农夫始终注意着天空，挂心着下雨的事，如果这次没有收成，他不晓得该如何活下去。斜坡挖好了，狮子和水牛终于脱困，正要前去跟农夫致谢时，发现他和儿子们已经精疲力竭地睡成一团。

“我们得帮助这名农夫。”狮子说。

“把他们放到我的背上吧，我来背他们回家。”水牛说。

狮子十分费力地把他们搬上水牛的背，因为鹳鸟、蛇和老鼠帮不上什么忙。大家跟着水牛来到农夫家时，农夫和儿子们依旧昏睡不醒。农夫的妻子把三人扶进小屋的床上。

“马上就要下雨了。”老鼠说。

“农夫没时间播种了。”蛇说。

“只能靠我们耕作了。”狮子说。

“我来犁田。”水牛低下头，用角抵地，一路走一路犁。

“我来啄洞。”鹳鸟跟在水牛后头，用鸟嘴啄出一个个播种的洞。

“我来背种子，把那些种子袋放到我背上来吧。”狮子说。

“我来播种，我最爱种子了。”说着，老鼠跳到狮子背上。

狮子跟在鹳鸟后头，每经过一个洞，老鼠就把种子丢下去。

“我来把种子盖起来。”蛇滑行在犁沟间，推着泥土覆盖每个洞。

五只动物不眠不休，从早到晚一路工作到隔天，等到播种结束，天空满布乌云，雨季的第一场雨也来了。

雨声惊醒了农夫。“快点，我得快点耕田播种，否则今年就没有作物了。”他慌张地对妻子说。

“不用担心，老公。你帮助过的动物们回报了你的恩情，田里都播好种了。”

“那一年农夫获得前所未有的丰收，是农夫本人甚至农夫的父亲都不曾有过的。”班达外公说。

“这个故事告诉了我们什么？”格雷问道。

这是班达外公最爱说的故事之一，孩子们都已经准备好答案。

“我们待人必须亲切。”六岁的薇拉回答。

“很好。安琪儿呢？”格雷问道。

“好心会有好报。”

“好极了，亚历克斯？”

“一个人可以有所作为，但团结起来力量更大。”亚历克斯说。

“非常好。纳尔逊？”

“不要去看彼此的差异，就能发现我们拥有的共同处比想象中还多。”纳尔逊说。

“太好了！格雷西，你有要补充的吗？”格雷问道。

格雷西无话可说，兄弟姐妹们已陈述完所有重点，她的心思也不在故事上。自从知道美国有位名叫艾伦·布朗的女士听了露丝的故事，同意要赞助她的中学学费后，格雷西满脑子想的都是露丝。

她说：“妈妈，你可以聊聊露丝吗？她做了好事。”

埃德娜也惦记着露丝，她毫不迟疑地说：“露丝就像绝大多数的马拉维女人，没有好运，有的只是厄运。结婚时的好运，在发现不能怀孕时没了，接着变成厄运，因为丈夫需要一个会生的妻子却养不起第二个，就把她的行李丢到门外，跟她离婚了。”

埃德娜停顿片刻：“厄运接二连三，露丝找不到能接纳她的人，她只能成为一名酒吧女郎。”

“露丝怎么做？”格雷西问道。

“她毫无怨怼，也不自怨自艾，她知道自怜只会引来更多嘲讽。待人亲切随和、充满爱心也是一种好运，让人开心，自己也会快乐，即使对方没有意识到你的好意。”埃德娜说。

“为什么露丝不去找她丈夫算账？”格雷西问母亲。

后者果断地回答：“我相信露丝自己也明白，她丈夫需要一个可以传宗接代的孩子，跟他们一起下田耕种，等他们老了能照顾他们。换句话说，这也是露丝的期望。他是个可怜人，养不起两个妻子不是他的错，就像没办法生孩子不是露丝的错一样。我相信露丝最后一定会祝福他和他的新妻子可以生下许多孩子，过着平安健康、幸福快乐的生活，就如你父亲和我对你们所有人的期望一样。除此以外，她别无他想。

“但不像大多数的马拉维女人，露丝最终得到了好运。好运不是凭空而来的。多年来，无论大半的日子如何难过、内心如何煎熬，她始终保持开朗，因此结交到许多好友，是五个好姐妹的‘母亲’——她有了家人，死前被挚爱的人包围，她们在痛苦中握着她的手，替她洗澡，舒展她的眉头。在多可塔拉家中，她受到他和五名好姐妹的照顾，他们替她祈祷、跟她聊天、唱歌给她听，直到她去世。”

小火堆就快燃烧殆尽，埃德娜说：“一个女人能得到这些，已别无所求了，更别说她还是马拉维第一个西洋棋女冠军。”语毕，她泪水盈眶，格雷西和我也落泪了。

我该走了，跟巴拉卡一家道别后，格雷西把我拉到一旁说：“我昨晚梦到露丝和棋赛。梦里，一边的兵攻击另一边的兵，这些兵就像没价值的人，我和我的家人就是兵，我们得提防那些有力量的人才能前进。我们被旁边狡猾的主教蒙骗，前头有无情骑士的袭击，城堡的冷酷席卷了大地。露丝是庄严高大的皇后，她可以自由自在地移动，却选择留下来护卫国王、保护我们。在梦中，露丝保护了我和我的家人。多可塔拉，露丝是想告诉我这世间险恶吗？”

我想着格雷西描述的兵，跪下来平视她的眼睛：“是的，露丝想告诉你世间险恶，但她同时也想说，你不是一个没有价值的兵，你要发挥自己的价值，成为皇后，就像露丝一样。”

30　别了，姆津巴大夫！别了，非洲！

我说不出道别的话，直接跪倒在地，低垂着头，左手抓住右手臂往前伸，这是表达最高敬意的手势。

“起来吧，孩子，”姆津巴大夫牵起我的手，“看着我。”

我站起身，看到他带着笑容却满脸泪痕。两年前，我离家要来马拉维前，老爸的脸上也挂着同样的笑容、同样的泪水。

最后一次造访姆津巴大夫的那天，天空万里无云，艳阳高照，照理说会让人心花怒放，然而，沿途风光一点也没能让我沉重的心情好转。

我熄火，沿着斜坡一路静静地滑向姆津巴大夫的院子，借着这股冲劲，直接来到前门。他坐在门廊椅子上，前后缓缓晃动，等着我的到来。无论白天还是黑夜，他似乎总是清楚我何时会出现。

我脱掉安全帽，他前来迎接我："带了这么多行李，看来你是打算留下来住一阵子喽。"

"不是的，这是给你的礼物。"我卸下的袋子里有玉米粉、米、茶叶、糖、奶粉和鱼干。我在这个超级耐用的小摩托车上绑了将近一百公斤的粮食。

"你一定知道我今天来的目的。"我说。

"我的确知道，东西就放着吧，我会叫助手来搬。跟我来进行最后一趟巡视，有很多人会想跟你道别。"

我们绕过小院子，我跟他的员工一一道别，之后我随着姆津巴大夫来到门廊，那里一如往常搁着一张小桌，左右各有一张椅子，桌上摆着我们用了两年的质朴茶具。我们默默喝着茶，我打量着姆津巴大夫历经风霜的面容，内心紧揪。

"今天我们就喝茶聊天吧。"

他停顿片刻后又说："最后一次。"

"一点也没错，我明天离开。"我哽咽着说，"我还有一样东西要送给你。"

我把旧背包递给他说："这个背包旧了，但很好用，轻盈又结实，背带有衬垫，很好背。你想怎么用就怎么用，礼物在里面。"

我看着他拉开拉链，拿出我要送他的临别礼物。

"一本新《圣经》!"他神情一亮。

“我知道你很珍惜你那本旧《圣经》，但那本都破了。把那本旧的收起来当纪念品，就读这一本吧，希望你喜欢。”

“我很喜欢，谢谢你，孩子，喝完茶跟我来吧。”

我一饮而尽，跟着姆津巴大夫来到屋后，在跳跳和笨笨的墓前驻足。

“它们是很棒的狗。”姆津巴大夫牵起我的手，牢牢握着，我的手臂马上就麻了。

“它们是最棒的。”我更难受了。

“上天派出的天使会以各种面貌出现。有些话我一定得说，也只能在此时此地说。当你回到马拉维，不可以再寻找我。我不会在这里，也不希望你回来。答应我，你永远不会回到这个地方。”

“当我回到马拉维……”意思是我会回来，只是不知道是什么时候，我暗忖。

“多可塔拉，答应我。”

“我答应，如你所愿。”

“很好，我不知道我的灵魂何时踏上归途，当那天来临，你自然会知道，请替我开心，不要为我哀悼。”

“我不知道我做不做得到，我没办法控制自己的心。”

“我知道，试试看吧。你会再见到跳跳和笨笨，细节我无法详述，但等你看到它们，不要害怕，只要知道，一切都会没事。”

“我会再看到它们？”我大吃一惊。

“是的，别再追问，我只能说到这里。来吧，”他拉着我刺痛的手往前走，“你该走了。”

我们走回摩托车，我说不出道别的话，直接跪倒在地，低垂着头，左手抓住右手臂往前伸，这是表达最高敬意的手势。

“起来吧，孩子，”姆津巴大夫牵起我的手，“看着我。”

我站起身，看到他带着笑容却满脸泪痕。两年前，我离家要来马拉维前，老爸的脸上也挂着同样的笑容、同样的泪水。

他抓住我的双手，像初识时那样将我的手翻转过来。那一天，他带着一窝生病的小狗来办公室。我的双手和手臂隐隐刺痛，胸口宛如有爆裂的火在燃烧。

“走吧，骑着你的摩托车，别回头。我等了你十六年，你替一个日薄西山的老人带来由衷的喜悦，是个值得等待的人。”

他松开了手，但我不愿放手。我拥抱他，忍住泪水，设法开口：“保重，珍重再见。”他最后一次紧抱住我，我拍拍他的背，放开他。

“再见，姆津巴好大夫。”我拭去脸上的泪水。

“再见，孩子，一路顺风，你的前方永远都有路。”

五年后，在威斯康星州一个飘雪的寒冷冬日的早晨，我煮着咖啡，眼神飘向前院。那里总是可以看到动物，有时是一只有着白色尾巴的鹿，有时是只兔子，偶尔还会在森林边缘发现狐狸的踪影，最常看到一群鸟聚集过来大啖饲料。

这一天，前院异常平静，一只动物也没有。我扫视被白雪覆盖的院子，了然于心。我走到门外，跋涉过及膝的雪地，来到矗立屋前的高大橡树前。一只猫头鹰栖息在一根低垂的树枝上，直勾勾地盯着我看。它的一只眼睛眨了眨，鸣叫了一声，随即展翅高飞。

讯息送达了。

我知道是谁。

别了，姆津巴好大夫！愿你在上天慈爱的怀抱里安息！

尾声

身为兽医，我们很清楚牛一次只能踢一只后脚，牛脚会先往前伸，再向外挥，最后往回一踢。所有的书上都说，最安全的地方就是侧身站在牛的正后面，让自己成为最小的目标。

跟牛打了半辈子交道，我发现，这的确是最安全也最实用的做法，直到1997年5月的某一天。

那时我住在夏威夷，有两个孩子，家庭幸福美满。在一个特别的早上，我替一群小母牛做产检，一百二十只左右的母牛排排站，屁股连着屁股，虽然大部分的小母牛都很守规矩，但还是得设法压制几只特立独行、意图反抗的母牛。

我心无旁骛地替其中一只高傲的母牛检查，它踢了我几次都没有成功，我把手伸进它的屁股里时，它立刻平静下来，但是当我摸向它左侧的子宫角时，它同时抬起两只后脚，强而有力地后踢，屁股夹着我的左手朝上抬起，我的左胸毫无防备，我的大脑看见牛蹄像慢动作般朝我而来，我的身体却逃脱不了。它的后蹄踢中我的左侧，当时的画面和感觉我至今记忆犹新。我眼前一黑，再睁开眼，等到视线聚焦时，发现自己已翻滚到四米外的地方。

我痛得无法动弹，帮手来了，我要他们不要碰我。过了好几分钟，我才忍痛翻坐起身，极其缓慢地走回办公室，洗了个澡，换上干净的衣服，指示其中一名员工开车送我到急诊室。诊断结果出来，我的肋骨断裂。他们吩咐我回家休息，吃止痛药，三天内找医生做检查。肋骨骨折非常痛，但我估计一个星期后就能返回工作岗位。

我照着他们的话做，但我担心的不只是被踢中的地方，我的背部也受伤了。背部中央传来阵阵疼痛，一躺平就痛苦难耐。三天后，我把这种疼痛和我的担忧描述给医生听，他要我照X光并验尿。

诊断结果是，我的胸腔里有一大块血栓，肋骨骨折，肾脏没事，同样是回家休息，吃止痛药。我的胸膛被紧紧包覆住，被撞到的地方要保持温暖，我估计一个星期后就能返回工作岗位。

四天后，也就是我被牛踢中满一个星期的时候，太太看着我说："你看起来快死了，我带你回急诊室。"我没有反对，我也觉得自己快死了。幸亏她先打电话跟医生解释情况，我一抵达急诊室，立刻被带往检查室。一名娇小的菲律宾护理师往我嘴里塞了根温度计，为我的手臂裹上血压压脉带。我看到她替压脉带充气，然后泄气，指针在七十和三十之间来回。每个医院使用的颜色可能不同，一般来说，我就快收到代表生命垂危、需要急救的“蓝色警报”。

“怎么会？我再量一次。”她重新替压脉带充气，然后泄气。再一次的七十、三十。

她担忧地瞪大褐色双眼，说：“你等等，我马上回来。”

“你最好快点。”我回答。我的时间不多了，我心想，并看着她拉上帘子离去。

急诊医生和三名护理师随即跑来把我搬到轮床上，所有人忙着在我的颈静脉或手臂静脉上扎留置针。护理师先试了我的手臂，没有用，静脉萎缩了。幸好，一名护理师在我的右颈静脉成功扎入留置针，固定好之后，以最高流速为我输液。

值班的外科医生正好是我家的世交威利·布鲁内尔医生。他靠近我说：“雷布，你脾脏破裂，必须立刻动手术。你先躺平，我去擦洗手臂。”他说完转身离开，留下我瞪着天花板和日光灯。

我疼痛不已，一躺平，腹内脏器就会挤压破裂的脾脏。我的身体在发抖，很难说是因为疼痛，还是休克，或是冰凉的静脉注射液不断灌入我体内的关系。更有可能是害怕，我一直想着七十、三十——我随时会死。

我躺在床上颤抖，祈求上天让我的心脏持续跳动，给威利医生机会替我开膛破肚。就在这时，我的双手突然感到一阵温暖和潮湿，我太冷了，不可能忽略这种差异。我抬起手察看，是它们！笨笨在我的右边，后脚撑地，前脚扑在轮床上，靠近我的大腿；跳跳在左边，也是同样的姿势。两只小狗盯着我，舔我的手，喘着气，我伸手轻抚它们。

“你在做什么？”护理师把我推回轮床上，口吻一点也不怜悯。

“我想摸这两只狗。”我虚弱地抗议。

“什么狗？”

“你不会明白。”我喃喃自语，躺回床上闭起眼睛。我记得姆津巴大夫的话：“等你看到它们，不要害怕，只要知道，一切都会没事。”

就在那一刻，我知道，我会没事的。

成为一个更包容、开放的人

作者为简体中文版出版答特约编辑问

特约编辑：你之后又重返非洲，那段经历怎样？

雷布：我不断重返非洲。我太太凯伦是津巴布韦人，她父母在 1970 年代搬到马拉维，在我负责的片区建了一个烟草农场。我刚到马拉维时，凯伦还在南非工作，后来她父亲罹患胰腺癌，她只好辞去工作回家帮母亲照顾父亲和农场，我们就是那会儿认识的。令人伤心的是，她父亲在我们成婚前就去世了。

我太太有一个姐姐和一个哥哥，一直以来，我们每隔两三年就会回去一趟，拜访家人。我们也都喜欢野生动物，世界上没有其他地方可以像在非洲那样看到真正的野外和身处其中的动物了。

重返之旅之所以别具意义，也是因为如果你在一个地方待久了，就很难注意到它的变化。离开一段时间再回去，很容易就能意识到改变。可惜绝大多数非洲国家的变化是越来越糟。津巴布韦有一段时间发展得非常好，GDP 位居非洲第二，现在是第四十七。马拉维不尽如人意，南非也有自己的问题。

特约编辑：你和丹·艾纳巴达威还有联系吗？他后来过得如何？

雷布：直到 1990 年代早期，我和所有的朋友都保持着联系，但那之后一切都变了。曼德拉成为南非第一位民选总统时，为了回报非洲人民对他的支持，他开放了南非边境，欢迎移民。南非在各方面都先进得多，为了给自己和家人寻求更好的生活，许多有技术的马拉维人都去了，包括艾纳巴达威医生，还有我在马拉维认识的工程师、护士、电工等。那个时期我也四处游走、搬家，渐渐地和朋友们失联了。

我还有许多非洲朋友去世得很早，他们中绝大多数死于艾滋病。现在唯一还跟我有联系的人是我的一位助手。需要坦白的一点是，书中的杰夫其实是我两位助手的结合体，这么做纯粹是为了便于读者理解。他们其中一位在 20 年前死于心脏病，还有一位到今天依然跟我有联系——感谢现代科技，我们可以互通邮件。他目前照顾着自己的第三代，儿女都已经因艾滋病去世了，我会在学费问题上帮他分担一些压力。

特约编辑：除了艾纳巴达威医生，你还和另一位巫医姆津巴大夫感情深厚。他们在使用巫术上的区别是什么？

雷布：我认为在本质上两位巫医使用的巫术是殊途同归的，但两人有着非常不同的经历。

艾纳巴达威接受过西方教育，从医学院毕业，有一个走向西方然后感到内心有所缺失而重新回归传统的过程。他有非常敏锐的直觉，能感受到各种事物的振动频率。我对中医了解不多，但我想把脉所感受的也正是人体的频率，艾纳巴达威能感受到万事万物的振动频率。据当地人说，他还有灵视。

他是个非常复杂的好人，确实用巫术做过一些会被有些人认为是坏事的事，名声也因此变得非常臭。但他并不在意这些，他为穷苦人的付出是惊人的，非常了不起。

姆津巴一生都浸润在传统巫医文化中，他九、十岁时就被预言日后将成为巫医。我亲眼见证了他做的许多神奇的事。他在村里的小医院里有个妇产科，但其实当地有禁忌，男人绝不可以参与与生育有关的事。那些来找他的女人基本上都已经绝望至极了，另一些则是因为姆津巴大夫治好了她们的不孕症，就死心塌地地信任他了。

每次有人来找他产检，他都会拿一块碎镜子折射阳光打到孕妇的肚子上，然后他就看着镜子，像看着超声仪一样描述胎儿，能说出性别、胎位、体型大小，比如“胎儿的头很大，你的胯很窄，生产时会不容易”。他还能说出预产期，从来没错过。

还有一件神奇的事：有一位找他的病人患有淋巴瘤，身上每个淋巴结几乎都是肿大的，不用拍片子都能看出他得了淋巴瘤。他常去找姆津巴大夫治疗的几个月里我也经常在，因此我是眼看着那些肿瘤变小的。

能亲眼看到这些真是非常幸运，这让我更加渴望探索这个世界的其他可能性。

特约编辑：你会更深入地去了解非洲的巫术、萨满吗?

雷布：在南非可能会有人用萨满这个词，但是在撒哈拉以南的其他非洲地区，大家都只说巫医。我想过要学巫术，但艾纳巴达威和姆津巴大夫都拒绝了我。首先，并不是所有人都可以学习巫术，巫医对秘密外传也有非常严格的要求。我只是旁观了不少。

姆津巴大夫有一回告诉我，我被拒绝的原因之一是年纪太大。我还记得他说："如果你是十岁左右，我还能塑造你一下。"他告诉我，所有人在孩童时期都有很好的直觉，但随着时间流逝，如果这方面的天赋没被挖掘、发展的话，也就遗失了。姆津巴大夫认为我还留有一些直觉，但不足以成为一名巫医。

我们有过几次关于巫术的深入交谈，这完全打开了我狭隘的视界并提升了我对这方面的认知。当时的我完全是用西方社会的那一套，发烧就代表有炎症，需要抗生素。但两位巫医让我有了更大、更整体的视野，从医学上来说，我认为这也是西医所缺失的：如果病人有感染就治疗感染而不考虑引起感染的根本原因——灵性健康对身体健康的影响。

特约编辑：关于非洲那些"迷信"，除了书中提到的见到猫头鹰意味着有亲人离世、主持葬礼后死者的魂魄会给你带来消息等，你还有类似的经历吗？

雷布：我父亲 2013 年去世了。一年后，我在一家农场为奶牛做检查，那里的条件很差，拴奶牛的绳索看起来历史悠久，但农场主向我保证没有问题。当我正准备从一头母牛面前走去另一边时，我感到一只手搭在我肩上，然后耳边传来我父亲的声音："停下。"

我自然地停了下来，下一秒，这只奶牛就挣断绳索冲了出去。如果我没停下，它必定要从我身上踩过去。

特约编辑：虽然无法成为巫医，但你还是学会了主持当地人的成年礼、葬礼等仪式。能说说学习过程吗？你都经历了什么？

雷布：我没办法告诉你更多细节，这些都是部落中的机密，我不能辜负他们对我的信任。我能告诉你的是，非洲许多部落受基督教和伊斯兰教的影响很大，仪式中也能见到许多这类元素。主持这些仪式的人不一定得是巫医或祭司，有许多人就是村落中的头人或长者，他们当时只是足够信任我，才让我参与其中。

说起仪式，我还能在这里分享非洲独立于巫医体系的一个非常神秘的团体，Wamkulu Dance，或许可以译作圣舞团，既指舞者，也指神秘信仰。他们不行医，有自己的处事方式。没人能说清楚他们到底是谁，他们生活在墓地附近，永远戴着面具出现，是拥有强大能量的人。他们靠起舞驱走恶灵。

当地部族绝对不会惹恼或嘲笑他们，也不敢主动去找这些人。

但如果村中有婚礼，他们总有办法知道，会到婚礼上跳起律动感十足的舞蹈，既为了驱走恶灵，也是为新人献上祝福。我遇见过几次，当他们跳舞时，仅仅是坐在那儿看就能有身体上的感觉：体内变热，注意力更集中，思想变得敏锐，清楚地明白此时此地有更强大、更特殊的能量存在。我认为这种强烈的感觉也不仅仅是舞者带来的，还可能因为他们让在场的每个人心智都变强大了，大家共同创造了这样的氛围。

特约编辑：非洲的经历对你后来的生活最大的影响是什么？

雷布：让我意识到了自己的天赋，看待这个世界也有了不同的视角。另外，我不知道是不是因为我的关系，我儿子快25岁了，他决定前往南美旅行，去寻找那里的萨满。我很高兴他在这么年轻时就有开放的心态和头脑拥抱这些。我在非洲时意识到宇宙之大，我们的心态越开放，能收获的也就越多。

特约编辑：姆津巴大夫曾预言你会有一段牢狱之灾，成真了吗？

雷布：我确实在赞比亚边境监狱滞留过，尽管很可怕，但那应该不算是他所指的牢狱之灾。他指的是我当时被自己的心智禁锢，如坐牢一般，他是完全正确的。除此以外我没有真正蹲过监狱。

特约编辑：你现在的生活怎么样，还会在危难时刻见到你曾救下的小狗笨笨和跳跳吗？

雷布：当然。我非常想念它们，也知道它们已经完成了在世间的使命，那就是让我成为一个更包容、开放的人。不过它们现在依然会救我的命。

我经常得开很长时间的车去给动物治病，我喜欢大清早在早高峰来临前出发，但这时路上很容易碰到袋鼠横穿高速公路。在澳大利亚，每年因此发生的交通事故不在少数。有一天黎明时分，我以时速 110 公里的车速行驶在高速公路上，正四处张望着，突然看到了笨笨和跳跳。我放慢车速，想仔细看看它们，这时一个巨大的雄性袋鼠从我车前跳过，跃到公路的另一边。如果我没减速的话很可能就出车祸了，不死也会受重伤。

我很幸运，守护我的天使不管我有多糟糕还是会经常出现，没有放弃我。我总是开玩笑说，当有一天我死了，与守护过我的天使正式见面时，他们估计会直接给我一拳，把我打倒在地，恶狠狠地问："你知道守护你有多难吗？！"我也会承认："抱歉，我知道给你们增添了不少工作量。总之，十分感谢！"

守护我们的力量其实无处不在，但我们得足够开放、足够镇静，这些力量才能进入我们的生活。

特约编辑：非洲的动物更懂得感恩吗？你救过那么多动物，为什么是笨笨和跳跳？

雷布：它们不一样。我确实救治了许多动物，但现在回想起来，笨笨和跳跳与我有一种注定的缘分，我们注定彼此相救。我在书中第一章提到过，姆津巴大夫告诉我他已经等了我十六年，我想他很早就意识到帮助我是他人生中的一大任务，笨笨和跳跳是其中不可或缺的一环。